KB150878

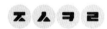

1판 1쇄 발행 2022. 11. 28
1판 5쇄 발행 2024. 06. 03

지은이 오하루
발행인 강미선
편집 강미선 디자인 표지 ARIA 본문 윤미정 일러스트 제딧

* 이 도서는 한국출판문화산업진흥원의 '2022년 중소출판사
  출판콘텐츠창작 지원 사업'의 일환으로 국민체육진흥기금을
  지원받아 제작되었습니다.

발행처 선스토리
등록 2019년 10월 29일 (제2019-000168호)
전화 031)994-2532

값은 뒤표지에 있습니다.
ISBN 979-11-973088-8-8 (43810)

이메일 sunstory2020@naver.com

매일 어김없이 떠올라 세상을 비추는 해처럼
선하고 이로운 이야기를 꾸준히 전합니다.

조스클

오하루 지음

선스토리

○ 어제(24일) 강남의 S쇼핑몰에서 한 남성의 투신자살 소동이 벌어졌습니다. 경찰은 저녁 7시 30분경 출동했고, 경찰이 도착하기 직전 남성은 투신했습니다. 바로 병원으로 옮겨졌으나 의식불명 상태입니다.

○ 청소년의 자살 고민 비율이 성인의 2배로 나타났습니다. 청소년 시기에 사춘기 경험, 학업 스트레스, 부모와의 갈등 등의 요인으로 스트레스를 많이 느끼고 충동적으로 자살 생각을 많이 하게 된다는 지적입니다.

○ 수학능력시험 이후 또 한 명의 청소년이 생을 마감했습니다. 자신이 살던 아파트 옥상에서 몸을 던졌는데요. 1층에 사는 주민이 환기를 위해 창문을 열었다가 쿵 떨어지는 소리를 듣고 신고했다고 합니다.

○ 한국은 올해도 자살공화국이라는 오명을 벗을 수 없게 되었습니다. 잠시 주춤했던 자살률이 다시 상승하고 있는데요. 정부가 자살동향 시스템 구축에 나선다고 합니다. 자살 사망 특성을 정확히 분석하고 예방 정책을 만들려는 조치입니다.

○ 이번 소식은 정말 충격적인데요. 청소년들의 자살을 돕는 인터넷 카페가 있다고 합니다. 그 자살 카페는 생겨나고 사라지고를 반복해 경찰청이 아이피 추적에 나섰는데요. 아직 실마리를 잡지 못한 상황입니다. 10대들의 비행이 점점 심각해지는데요. 요즘 10대들, 정말 걱정입니다.

경식 〉 ㅆㅂ 그게 말이 됨?

ㅇㅇ

경식 〉 글 못 쓰면 죽지도 못함?

ㅈㅅㅋㄹ의 규칙이래. 이메일을 보내면 운영자가 보고 얘는 정말 죽는 게 낫겠다는 생각이 들어야 ㅈㅅ을 도와준대.

경식 〉 개웃김.

죽을 수만 있음 뭐든 하겠다며?

경식 〉 야, 그래도 ㅈㅅ하고 싶은 이유를 글로 적어야 ㅈㅅ을 도와준다니 웃기잖아.

그럼 죽지 말던가.

경식 〉 장난하냐?

개진심임.

경식 〉 하…… 운영자에게 나의 개진심을 보여줘야겠고만?

이제 좀 알아듣네.

경식 〉 거기 가입하면 죽을 수 있는 건 맞고?

그러니 이름이 ㅈㅅㅋㄹ이지.

경식 〉 알겠다.

할 거?

경식 〉 완전 자살각인데 해봐야지. 이메일
주소는?

자판을 영문으로 놓고 ㅈㅅㅋㄹ 쓰고
하나메일이야. 아, ㅈ하고 ㅅ은 순서
바꾸고.

경식 〉 twzf@hanamail.net ???

ㅇㅋ

차례

아픔도 총량이
있었으면 좋겠어

음…… 이 이메일로 자살하고 싶은 이유를 보내면 자살을 도와준다고 들어서 이렇게 씁니다. 음…… 나는 꼭 죽어야 합니다. 씨바, 진짜 살기 싫습니다. 음……

경식은 이메일을 써 내려가다가 멈췄다. 소유의 말이 떠올랐다.

"널 아는 사람이라면 음…… 이 글자만 봐도 진심인 줄 알 테지만 운영자는 모를 거 아니야. 그러니까 최선을 다해."

경식은 속엣말을 꺼낼 때면 "음……" 하고 뜸을 들이는 버릇이 있다. 소유는 경식이 뜸을 오래 들여도 기다려준다. 한 시간이 지나도 짜증을 내지 않는다. 그것이 경식이 소유를 유일한 친구라고 여기는 이유다.

이메일을 쓰는 건 생각만큼 쉽지 않았다. 항상 죽고 싶었는데 죽고 싶은 마음을 표현하는 건 다른 문제였다. 어디서부터 어떻게 말해야 할지, 어떻게 말해야 정말 죽고 싶은 마음을 알릴 수 있을지 알 수 없었다. 한 문장을 쓰고 고민하고, 두 문장을 쓰고 고민하다, 지우고 다시 쓰고를 반복했다. 소유가 부러워졌다. 소유는 이미 이메일을 보내서 통과되었다. 소유는 그 사실에 한껏 들떠 있었고, 경식은 소유와 함께 들뜨고 싶었다. 손에 땀이 났다. 주먹을 쥐었다 폈다 했다. 다시 키보드로 손을 옮겼다. 글자 하나하나에 진심을 담아 써 내려갔다.

음…… 나는 시골에서 왔어요. 어디라고 말해도 모를 테니까 그건 말 안 해도 되죠? 음…… 나는 엄마를 지켜야 한다고 생각했어요. 그래서 살았는데 이제 그러지 않아도 돼요. 이제 죽어도 돼요.

경식은 시골에서 태어났다. 사실 자신도 그 시골의 이름을 모른다. 어렴풋이 뒷산이 기억나고, 시냇물이 기억난다. 집은 허름하기 짝이 없었고, 화장실이 밖에 있었다. 화장실을 갈 때마다 무서워서 엄마를 불렀다. 엄마의 손을 꼭 잡고 화장실에 가서 문을 열고 볼일을 봤다. 엄마는 문 앞에서 기다렸다가 경식이 나오면 다시 손을 잡아주었다. 그때마다 경식은 생각했다. 집으로 들어가지 말고 저 멀리 도망가고 싶다고.

"우리, 도망갈까?"

"응! 제발……."

엄마의 질문에 경식은 마음속에 품고 있던 생각을 들켜버렸다. 엄마가 나중에 말해주었다. 경식이 그렇게 바로 대답하지 않았다면, 도망칠 용기가 나지 않았을 거라고. 군화가 한바탕 난리를 치고 잠들어 있을 때 엄마는 경식의 손을 꽉 잡았다. 경식도 손가락 마디마디에 힘을 실어 엄마의 손을 아주 꽉 잡았다. 살금살금 방문을 빠져나가려고 할 때, 군화가 엄마의 발목을 잡았다.

"물!"

엄마는 경식의 손을 놓지 않고 부엌으로 갔다. 엄마가 경식 앞에 무릎을 꿇고 눈을 보며 말했다.

"오늘은 아빠 물 주고, 다음에…… 다음에 꼭 가자."

경식은 아니라고, 오늘 가자고 말하고 싶었지만 말할 수 없었다. 엄마의 몸이 너무 떨렸고, 군화가 깨어 있었다. 얼마 도망가지 못하고 잡힐 게 뻔했다. 엄마는 경식을 부엌에 두고 물컵을 들고 방으로 갔다. 잠시 후에 방에서 쿵쿵 부딪히는 소리가 났다. 경식은 귀를 막고 눈을 감았다.

엄마는 경식에게 그가 아빠라고 말해주었지만, 경식은 그를 군화라고 불렀다. '아빠'라는 말은 그와 어울리지 않았다. 그는 군화를 신은 군화였다. 그 이상도 그 이하도 아니었다. 술을 마시지 않으면 그래도 사람 같았다. 하지만 술을 마시지 않는 날이 별로 없었다. 술을 마시면 그는 군화일 뿐이었다. 군화를 벗어놓고 방에 들어갔다가 신경에 거슬릴 것을 찾아낸다. 신경에 거슬린다는 이유로 군화를 신는다. 밖에 벗어놓은 군화 말고, 방에 모셔둔 군화가 있었다. 그 군화를 신으면 엄마는 떨었다. 경식이 함께 있으면 경식을 다시 배 속에 넣을 것처럼 품에 넣고 몸을 잔뜩 움츠렸다. 발길질이 시작되면 엄마는 경식을 더 꼭 안았다. 경식은 엄마의 떨림을 고스란히 느꼈다.

"군화라는 말을 일곱 살 때 알았어?"

소유가 눈을 동그랗게 뜨며 물었다.

"그 신발 이름이 뭐냐고 물었거든. 엄마가 가르쳐줬어."

경식이 아무 표정 없이 대답했다.

경식이 신발의 이름을 물었을 때 엄마가 말했다. 군인이 신는 신발이라서 이름이 군화라고. 경식은 생각했다. 차라리 운동선수가 신는 신발이었으면 좋겠다고. 운동화라면 엄마의 몸에 이렇게 멍이 들지는 않을 테니까. 경식은 엄마가 설거지하는 사이, 방에 놓인 군화를 들고 뒷산으로 갔다. 신발장에 있는 꽃삽을 챙기는 것도 잊지 않았다. 경식은 정신없이 땅을 팠다. 해가 어둑어둑해지고 손목이 끊어질 것처럼 아파왔다. 하지만 아직 군화를 넣을 정도의 깊이가 되지 않았다.

"경식아! 경식아!"

엄마의 목소리가 들렸다. 다시 힘을 내서 땅을 팠다. 엄마의 목소리가 점점 가까워졌다. 마음이 급해졌다. 엄마가 자신을 발견하기 전에 군화를 묻어야 했다. 하지만 엄마의 목소리는 빠른 속도로 가까워졌다. 숨 가쁘게 흙을 파내다가 뒤를 돌아보았다. 엄마와 눈이 마주쳤다.

"경식아!"

엄마가 달려왔다. 경식은 계속 흙을 파냈다.

"엄마가 얼마나 찾았는지 알아? 여기서 뭐 하는 거야?"

경식은 말하지 않았다. 엄마는 흙투성이가 된 경식의 손과 삽과 군화를 번갈아 보았다. 경식은 엄마를 올려다보았다. 엄마의 눈에 눈물이 고였다. 엄마는 주저앉아서 경식의 손에 있던 삽을 가져갔다. 땅을 파기 시작했다. 경식이 파던 것보다 훨씬 빠른 속도로 땅이 움푹 파였다. 드디어 군화가 들어갈 만한 구덩이가 생겼다. 엄마는 군화를 구덩이에 넣고 파냈던 흙으로 다시 덮었다. 경식도 손으로 흙을 퍼서 구덩이에 뿌렸다. 군화가 숨겨졌다. 엄마는 덮인 흙이 단단해지도록 위에서 껑충껑충 뛰었다. 경식도 옆에서 뛰었다. 경식이 휘청거리자 엄마는 경식의 손을 잡고 뛰었다. 경식이 엄마를 보자 엄마는 웃음이 터졌다. 경식도 소리 내어 웃었다.

"이제 됐다. 가자."

엄마는 경식의 손을 잡고 집과 반대편으로 갔다.

"엄마, 어디……가?"

"도망가자. 엄마도 엄마가 있어. 거기로 가자."

음…… 엄마는 군화에게서 도망쳐 엄마에게 간다고 했습

니다. 하지만 엄마의 엄마는 없었습니다. 엄마의 기억이 잘 못된 건지, 엄마 말대로 감쪽같이 사라진 건지 알 수 없었지 만…… 엄마가 엄마의 엄마가 있다고 한 자리에는 집이 아 닌 노래방이 있었습니다. 엄마는 그 앞에서 한참을 서 있 다가 구인 광고를 보았습니다. 노래방에서 직원을 구하고 있었습니다. 엄마는 노래방으로 들어갔습니다. 엄마는 사 정을 얘기했습니다. 노래방 한 칸에서 먹고 잘 수 있게 해 주면 정말 열심히 일하겠다고…… 노래방 사장님은 혀를 차며 목련방을 내주었습니다. 엄마와 나는 목련방에서 먹 고 잤습니다. 가끔 손님이 군화를 신고 들어오면 떨었지만, 그 외에는 떨 일이 없었습니다. 음…… 그다음은 구두였으 니까요.

군화에게서 도망쳐 나온 지 2년 후 엄마는 구두의 집 으로 경식을 데려갔다. 구두는 노래방에 자주 오던 손님 이었다. 경식은 그의 신발을 보고 안심했다. 군화가 아 니어서 군화가 했던 행동은 하지 않을 거라고 생각했다. 하지만 구두는 곧 군화가 되었다. 욕을 하는 억양이 다 르고 접시를 던지는 속도가 달랐을 뿐…….

엄마는 도망치지 않았다. 3년을 버티고 당당하게 이

혼을 요구했다. 경식이 그 모습을 보고 대단하다고 말하자 엄마는 희미하게 웃으며 말했다.

"이제 네 손을 잡고 그렇게 빨리 뛸 자신이 없어."

그리고 덧붙였다.

"미안해. 세 번째 아빠는 없을 거야."

그 말은 3년 만에 거짓말이 되었다. 엄마는 참 오래 버티다가 운동화를 만났다. 경식이 군화와 살 때 그토록 바라던 운동화였다. 하지만 운동화를 믿지는 않았다. 덜 아프겠지만, 덜 아프다고 아프지 않은 건 아니니까. 이번에는 엄마가 이혼을 요구할지, 도망칠지, 또 다른 방법을 택할지 알 수 없었지만 3년 안에는 알게 될 거라 예상했다.

음…… 그 예상은 틀렸어요. 운동화는 접시를 던지지도, 욕을 하지도 않았어요. 설거지도 했고, 청소도 했어요. 엄마가 늦으면 마중을 나가기도 했어요. 엄마의 어깨를 토닥여주기도 하고, 내 앞에서도 사랑한다는 표현을 자연스럽게 했어요. 나는 엄마도 꽃이 될 수 있다는 걸 알았죠. 엄마라는 꽃이 피기 시작했어요. 피기도 전에 시들어 있던 엄마가, 시든 적이 한 번도 없었던 것처럼 피는 거예요. 참 이상하죠. 그건 내 소원이기도 했는데, 그런 모습을 보니까 이젠 내가 사라지고 싶어졌어요. 둘에게 나는 방해가 되는 존재 같았어요. PC방에서 게임을 하는데, 내 옆에 아주 잘하는 녀석이 있으면 신경이 쓰이거든요. 힐끔거리다가 결국은 컴퓨터를 꺼버려요. 자꾸 그 녀석이 신경 쓰이니까 게임을 하기 싫어지고, 너나 잘해라, 나는 관둔다, 이렇게 되어버리더라고요. 그런 마음이었어요. 엄마랑 운동화를 보며 나는 관둔다, 둘이 잘살아라, 이제 나만 없어지면 둘은 행복하겠다……. 무엇보다 내가 죽어도 엄마를 보살필 사람이 있다는 게 너무 안심되었어요. 사실 홀가분해요. 이제 편히 죽을 수 있잖아요.

경식은 밤새어 자신이 죽고 싶은 이유를 완성했다. 더 잘 쓸 수도, 더 진하게 마음을 담을 수도 없을 만큼 최선을 다했다. 소유에게 한 번 검사를 받고 보낼까 했지만, 그러면 괜히 보내는 시간만 늦어질 것 같아 관두었다.

엄마가 노크를 했다.

"일어났어? 밥 먹어야지."

"응."

경식은 방을 나서면 피어 있을 운동화와 엄마를 떠올

렸다. 그 사이에서 경식은 꽃밭으로 잘못 굴러간 자갈처럼 앉아 있어야 한다. 꽃들은 자갈에 이야기를 건네주겠지만, 자갈은 꽃이 될 수 없다. 게다가 자갈은 꽃에 고마움을 표현해야 한다. 나 따위 자갈을 한자리에 있게 해주어서 성은이 망극하다고. 경식은 고개를 흔들며 메일에 한마디를 덧붙였다.

죽고 싶어요, 진짜, 진심이에요.

그리고 메일을 전송했다.

소유 〉 보냈어?

방금.

소유 〉 K가 확인하면 답을 줄 거야.
오래 걸리지 않아.

K?

소유 〉 ㅈㅅㅋㄹ 운영자!

응. 꼭 너처럼 통과되기를.

소유 〉 내가 만나면 니 얘기 잘 해볼게.

만나?

소유 〉 응, 오늘 밤!

그럼 내일이면 니가 없을 수도 있냐?

소유 〉 아마도. 기분이 어때?

경식은 답하지 못했다. 소유가 나보다 먼저 세상을 떠
난다면? 공중에 뜬 풍선 같은 기분이 될 것이다. 생각만
해도 속이 울렁거렸다.

소유는 궁금해졌다. 사후세계란 게 있을까? 지옥이란
게 있을까? 지옥은 많이 뜨거울까? 그래, 그럴 수도 있
겠지. 하지만 만약 그렇다 해도 괜찮다고 생각했다. 이
땅에서 사는 것보다 괴롭지는 않을 테니까.

경식은 식탁에 바람 빠진 풍선처럼 앉았다. 식탁 위에
는 운동화가 싼 김밥이 정갈하게 놓여 있었다.

"역시 당신 음식은 호텔 뷔페보다 맛있어."

엄마는 감탄하며 김밥을 입에 넣었다. 운동화가 엄마
를 바라보며 물었다.

"당신, 호텔 안 가봤잖아?"

"그러니까~!"

둘은 깔깔거리며 웃었다. 경식은 웃지 않았다. 아니, 둘의 대화에는 별 관심이 없다는 게 더 알맞은 표현이다. 경식은 표정 없이 김밥을 질겅거렸다. 꼭 씹어서 삼켜야 하는 약을 먹는 것처럼……. 운동화는 엄마의 입에 김밥을 한 개 넣어 주고 경식에게 물었다.

"경식아, 넌 꿈이 뭐야?"

"없어요, 그런 거."

"난 있는데."

경식은 관심 없었다. 경식에게 운동화의 이야기는 몽땅 TMI였다. 엄마는 눈을 동그랗게 뜨고 운동화에게 얼굴을 들이밀며 물었다.

"뭔데?"

"좋은 아빠가 되는 거."

엄마는 방금 프러포즈를 받은 사람처럼 감동의 눈빛을 보냈다. 경식은 운동화가 사기꾼일지도 모른다고 생각했다. 접시를 던지지 않고 욕을 하지도 않지만 정말 고단수의 악인일지도 모른다고. 그가 언젠가는 정체를 드러낼 것 같아 불안했다. 하지만 그러지 않기를 바랐다. 자신이 마음 편히 죽기 위해서.

"와, 경식이는 좋겠다."

엄마는 경식을 툭 쳤지만 경식은 아무 표정도 짓지 않았다. 운동화는 엄마에게 괜찮다는 눈짓을 보냈다. 경식은 아무 반응 없이 김밥을 질겅거렸다.

소유는 휴대폰을 뚫어지게 쳐다봤다. 경식이 답을 해주기를 바랐다. 하지만 답은 오지 않았다.

"치. 내가 오늘 죽는대도 아무런 감정도 없는 건가?"

소유는 왠지 서운했다. 왜 답도 안 하냐고 톡 쏘아붙이려다가 관뒀다. 그리고 K에게 말을 걸었다.

경식이한테 왜 답 안 하냐고
막 뭐라고 하려다가 그만둠.

K 왜 그만둠?

소유는 K의 질문에 피식 웃음이 났다. 경식에게 말하지 않고 K에게 털어놓은 자신이 웃겼다.

ㅎㅎ 만나서 얘기해.

K는 소유의 집 근처 스타벅스에서 소유를 기다렸다.

25

2층 화장실 옆 구석 자리는 K의 지정석이다. K는 노트
북의 전원이 켜질 동안 아메리카노 다섯 모금을 마셨다.
몇 달 전까지만 해도 세 모금을 마시면 켜졌는데, 이제
다섯 모금을 마시고 나서도 부팅 중이다. 소유는 K의 노
트북이 답답하다고 했지만, K는 그렇지 않았다. 오히려
자신이 이렇게 늙게 만든 것 같아 미안했다. 이모에게
가지는 감정과 비슷하다. 이모 눈가에 부쩍 늘어난 주름
을 보고 있으면 자신이 미워진다.

"이모가 이렇게 예뻤는데…… 미안해. 내가 나중에 정
말 효도할게."

K는 노트북 바탕화면을 보며 말했다. 바탕화면에는
젊은 이모와 K가 서로를 보며 환하게 웃고 있다. K는 메
일함을 열었다. 경식의 메일이 도착해 있었다. K는 경식
의 이름을 보자마자 소유의 말이 떠올랐다.

"경식이 꼭 살려. 다른 애도 살리겠지만 경식이가 일
빠야."

"생명은 다 일빠지."

K가 무심하게 대답하자 소유는 버럭 소리를 질렀다.

"그중에서도 일빠여야 한다고! 내가 자살각일 때 날
이해해준 유일한 친구라고. 내가 예상보다 오래 살아서

널 만난 것도 경식이 덕분이라고.”

“알았어. 흥분하지 마.”

K는 살짝 질투가 났지만 내색하지 않았다. 소유는 그제야 잠잠해졌다.

K는 입술을 깨물며 경식의 메일을 읽었다. 어느새 소유가 앞자리에 앉아 있었다. K는 눈치채지 못했다. K가 메일을 다 읽고 나서 눈을 껌벅거리자 소유가 말했다.

“다 읽었어?”

“아, 깜짝이야! 언제 왔어? 어떻게 알았어?”

“너, 눈 깜박이면 다 읽은 거야. 입술 좀 그만 깨물어. 다 찢어지겠어.”

“버릇이잖아.”

“고쳐.”

“알겠어. 답장 좀 보낼게. 기다려.”

“와~ 나 왔는데 얘기도 안 하고?”

“경식이 메일이야.”

소유는 그대로 얼음이 되었다. K는 답장을 보냈다.

반가워요.

나는 ㅈㅅㅋㄹ의 운영자 K입니다.

아래에 적힌 장소에서 다음 주 일요일 밤 10시에 만납시다.

마포구 연삼동 111-11 우리빌딩 옥상

K가 노트북을 덮었다. 소유는 방금 마법에서 풀려난 것처럼 하품하며 몸을 움직였다.

"아, 이제 살겠네."

K는 그 모습이 귀여워 피식 웃었다. 소유는 K에게 얼굴을 들이밀며 물었다.

"그치? 내가 너의 엔돌핀이지?"

"뭐래."

"치. 잘 보냈어?"

"응."

"잘해야 해."

"알겠어."

소유는 다시 잘하라고 말하려다가 말았다. 여러 번 반복해서 말하면 K가 짜증을 낼 것 같았다.

"근데 오늘 너 좀 여자 같다?"

소유가 장난기 섞인 목소리로 말했다.

"그럼 내가 남자냐?"

"머리부터 발끝까지 블랙. 머리는 숏컷. 키는 170. 조금 떨어져서 보면 영락없는 남자야."

"그건 성별의 문제가 아니라 취향의 문제거든. 난 너랑 취향이 다를 뿐이야."

소유는 아무 무늬 없는 하얀색 맨투맨 티셔츠에 하얀색 미니스커트를 입고 있었다. 양말과 운동화도 하얀색이었다.

"넌 하얀색을 싫어하지만 나는 좋아하잖아."

"어? 내가 하얀색 싫어하는 건 어떻게 알았냐?"

"나, 몰라?"

"또 생각을 읽는다는 소리 하려고?"

"잘 아네. 나는 타인의 생각을 읽는다니까."

소유는 자기가 말해놓고 혼자 깔깔댔다. K는 심드렁했다. K는 소유가 생각을 읽는다는 말을 믿지 않는다. 생각을 읽는다니……. 드라마에서나 나올 만한 일이다. 정말 말이 안 된다. 하지만 정말 생각을 읽나, 라고 생각한 적이 몇 번 있긴 하다.

몇 달 전, 아직 여름이 끝나지 않은 날의 오후였다. K의 스타벅스 지정석에 소유가 먼저 도착해 있었다. K가 소유 앞에 털썩 앉자, 소유가 말했다.

"오늘은 내가 살게. 아아?…… 아, 너 오늘은 당 땡기는

구나. 아바라?"

K는 오싹했다. 항상 아이스 아메리카노를 먹지만, 오늘은 단 걸 먹고 싶다고 생각하던 중이었다. K가 눈을 동그랗게 떴다. 소유는 씩 웃으며 말했다.

"거봐, 내가 생각을 읽는댔지? 날 믿어."

소유는 계산대로 갔다. K는 소유의 뒷모습을 한참 바라봤다.

소유가 음료 두 잔을 탁자에 놓으며 말했다.

"여기는 아바라가 메뉴판에 없더라. 물어보니까, 카페라떼에 시럽을 추가해서 넣는 방식이라 메뉴판에 없대. 그래서 그걸로 달랬어."

K는 '생각을 읽는 소유'에 대해 생각하느라 잘 듣지 못했다.

"너 왜 또 멍때려? 이제야 내가 생각을 읽는다는 게 믿겨져?"

소유가 얼굴을 들이대며 물었다.

"야, 내가 검정색을 좋아하니까 하얀색은 싫어할 거라고 생각하는 건 아주 일반적인 유추잖아?"

"오~ 생각보다 똑똑한데! 가자, 나 오늘 엄마 병원 가는 날이야."

소유는 K의 머리를 헝클어뜨리며 말했다. K는 노트북을 배낭에 넣으며 고개를 저었다.

"에이, 설마 그럴 리가 없어. 그치?"

소유가 피식 웃었다.

"그렇잖아. 어떻게 생각을 읽어?"

K는 소유의 확인을 받으려고 재차 물었다.

"그래그래, 네가 다 맞아. 내 생명의 은인이니까 네가 다 맞아."

소유는 K의 어깨를 두드리며 토라진 아이를 달래듯 말했다. 가끔 소유는 K를 어린아이 취급한다. K는 이상하게도 그런 소유의 행동이 좋다.

"거봐, 나 좋댄다, 또……."

소유는 또 생각을 읽는 사람처럼 말했다. 친하니까, 친하면 말하지 않아도 다 아는 거니까, 라고 K는 생각했다.

K와 소유는 스타벅스를 나왔다. 소유의 얼굴에 웃음기가 사라졌다. 엄마 병원에 갈 때 소유는 항상 그렇다. 해가 반짝이다가 갑자기 먹구름이 드리우는 하늘처럼 변한다. K는 소유의 기분을 풀어주고 싶지만 알고 있다. 이건 기분의 문제가 아니라는 걸. 소유의 삶, 그 속에 이

미 깊숙이 자리 잡은 뿌리, 백 년이 넘은 은행나무처럼 쉽게 헤칠 수 없는 일이라는 걸.

"아직도 많이 아프시지?"

K는 무슨 말을 해야 할지 몰라 소유 엄마의 안부를 물었다. 소유는 간신히 먹구름을 치우고 고개를 들었다.

"사람은 다 아프지, 뭐. 너도 나도 경식이도 엄마도…… 다 아픈 거지. 시유처럼 먼저 갔다면 모르겠지만…… 그렇지 않다면 다 아프잖아."

K는 대답할 수 없었다. 소유의 말 어디에도 K가 비집고 들어갈 틈은 없으니까……. K는 다른 틈을 찾아 들어갔다.

"경식이 살릴게. 걱정 마."

"응, 믿어."

소유는 윙크를 하고 고개를 끄덕였다. K는 생각했다. 사람은 다 아프지만, 소유는 아프지 않았으면 좋겠다고.

"저번에 우리 이모가 그랬는데, 지랄은 총량이 있다고."

K의 말에 소유의 웃음이 터졌다.

"지랄 총량?"

"응, 한 사람이 하는 지랄에는 총량이 있대. 어느 책에 나온 얘기래."

갑자기 소유의 웃음이 멎었다. K가 당황한 표정으로

물었다.

"웃으라고 한 얘긴데 왜 심각해져?"

소유가 가라앉은 목소리로 말했다.

"아픔에도 총량이 있었으면 좋겠어. 그럼 우리는 앞으로 겪을 아픔이 아주 조금밖에 남지 않았을 테니까"

K가 고개를 끄덕였다. 문득 간절해졌다. 소유의 말대로 아픔에도 총량이 있어서, 우리가 아팠던 건, 주어진 아픔을 아주 많이, 이미 써버린 거였으면 좋겠다는 바람이 생겼다.

누구나 널 사랑할 수는 없지만
널 사랑해줄 누구는 있어

소유는 자살클럽의 첫 고객이었다. 소유는 옥상으로 올라가며 거센 바람에 흔들리는 나뭇잎처럼 떨었다. 하지만 K만큼은 아니었다. K는 겁이 났다. 정말 잘할 수 있을까? 사람을 살릴 수 있을까? 왜 이름을 자살클럽이라고 했냐고 따지면 어떡하지? 물음표는 끝도 없이 부풀어 풍선이 되고, 금세 열기구가 되었다. 소유의 발걸음 소리가 점점 가까워졌다. K는 심호흡하고 벤치에 앉아 아무렇지도 않은 척했다. 스탠드를 켰다. 소유는 눈이 부셔 손으로 얼굴을 가렸다. K는 일어나서 소유를 관찰했다. 작은 키에 창백한 얼굴, 깡마른 몸이 보였다. 하얀색 티셔츠와 하얀색 반바지를 입고 머리는 하나로 질끈 묶은 모습이었다. 머리끈까지 하얀색이었다. K는 소유를 보며 어릴 적 보았던 동화 '엄지공주'가 떠올랐다.

"내가 K야. 반가워."

"응, 난 소유야. 엄지공주 아니고."

K는 소름이 돋았다. 생각을 들켰다. 도둑질하다가 걸린 사람처럼 진땀이 흘렀다. 소유는 이상하게도 K가 귀여웠다. 170이 넘는 키에 머리끝부터 발끝까지 검은색으로 휘감은 K가 왜 귀엽게 느껴졌는지 모르겠지만…….

"너 귀엽다. 사실은 내가 생각을 읽어. 그게 내가 살기 싫은 이유 중에 하나야."

K의 표정이 굳었다. 자신이 귀엽다는 말에도 놀랐지만 생각을 읽는다니…….. 이건 놀라움을 넘는 일이다. 소유는 K를 보며 깔깔 웃었다. K는 그제야 장난이라는 걸 눈치챘다.

"뭐야. 장난이지? 진짜 줄 알았잖아."

K는 안도의 한숨을 내쉬었다. 소유는 그런 K가 귀여워서 웃었다.

"참 웃기네. 웃을 일이 그렇게 없었는데 죽으러 와서야 웃네."

소유가 중얼거렸다. K는 정신이 번쩍 들었다.

'그래, 이렇게 웃고 있을 때가 아니다. 얘를 살려야 해.'

K는 주먹을 불끈 쥐었다.

"날 어떻게 죽게 해줄 거야?"

소유의 질문에 K는 대답하지 않고 배낭을 열었다. 배낭에서 프린트된 종이를 꺼내 소유에게 건넸다.

"이게 네가 보낸 이메일이지? 맞아?"

소유는 종이에 적힌 글을 눈으로 띄엄띄엄 읽었다.

동생이 죽었어요. 사고였어요. 친구들이랑 놀러 간다고 내 후드 티셔츠를 빌려달라고 했는데 내가 싫다고 했어요. 빌려줄 걸…… 천 번쯤 후회했지만 이제 동생이 없어요. 꿈에서 동생은 내 후드 티셔츠를 입고 나와요. 빌려줘서 고맙다고…… 소리를 지르며 꿈에서 깨면 술 취한 아빠의 주정이 들려요. 씨발…… 날 죽였어야지…… 그 꽃 같은 애를 왜 데려가…… 신은 없어……. 동생이 죽고 나서 아빠는 매일 술을 마셔요. 엄마는 정신병에 걸렸어요. 모든 사람을 붙잡고 동생의 이름을 불러요. 동생밖에는 아무도 기억하지 않아요……. 나는 아무도 없어요. 동생도 엄마도 아빠도 이젠 아무도 내 곁에 없는 거예요. 친구도 없어요. 날 사랑하는 가족이 있었는데 이젠 아니에요. 있는데 없어요. 모두 나를 사랑하지 않아. 나는 동생을 대신할 수 없어요. 너무 지옥 같아요. 내가 죽어 지옥에 가도 이보다는 지옥이 아닐 거 같아요. 날 이 지옥에서 탈출하게 해줘요.

"맞아."

소유의 얼굴에 먹구름이 드리웠다.

"정말 아무도 널 사랑하지 않아?"

K의 질문에 소유는 고개를 끄덕였다. K는 사진 한 장을 건네며 물었다.

"그럼 이건 뭐야?"

소유는 사진을 보았다. 사진 속에서 소유는 경식과 함께 해맑게 웃고 있었다. 소유는 사진을 보자마자 눈물이 그렁그렁했다.

"뭐야? 이 사진은 어디서 났어?"

"묻는 말에나 대답해."

"경식이는 최근에 알게 된 친구야. 낯빛이 나랑 같았어. 죽고 싶어 하는 게 보였어. 그래서 친해졌어."

"그런데 정말 아무도 널 사랑하지 않아?"

K의 질문에 소유의 눈빛이 떨렸다.

"그래, 한 명은 있네. 그렇다고 살 수는 없잖아. 날 알아주는 건 한 명뿐인데 한 명 때문에 마음을 돌리기는……."

　K는 보이스 레코더를 재생했다. 경식의 목소리가 흘러나왔다.

　"학교 방송국이라고요? 뭘 말해주라고요?"

　"친구라는 주제로 학생들을 인터뷰하고 있어요. 정말 사랑하는 친구가 있나요?"

　K의 목소리였다. 경식의 목소리가 이어졌다.

　"그럼요."

　"누구죠?"

　"소유…… 라는 친구예요."

　"그 친구에게 음성 편지 남겨줄 수 있어요? 이거 뽑히면 에버랜드 2인 자유이용권을 드려요."

　"와…… 소유가 좋아하겠네요. 걔 놀이동산 엄청 좋아하거든요. 음…… 할게요. 소유야, 처음으로 내 이야길 들어준 너라서 너무 고마워. 나에게 여기는 지옥인데 너랑 있으면 천국으로 변해. 살아 있는 동안 계속 우리, 한편이었으면 좋겠어. 지금처럼."

　소유의 눈에서 눈물이 뚝 떨어졌다. K는 이 틈을 놓칠 수 없었다. 재빠르게 비집고 들어갔다.

"정말 아무도 널 사랑하지 않아?"

소유는 고개를 저으며 주저앉았다. 이미 고여 있던 눈물이 뚝뚝 떨어졌다.

"누구나 널 사랑할 수는 없어. 하지만 널 사랑해줄 누구는 분명히 있어. 그 누구는 살 이유가 되는 거야."

"왜 그러는데! 죽여준다며! 죽여주는 자살클럽이라며! 왜 이러는데!!!"

소유는 주저앉아 하염없이 눈물을 흘렸다. K는 옆에 웅크리고 앉아 소유의 등을 토닥이며 말했다.

"미안해. 거짓말이야. 이메일 주소에 ㅈ과 ㅅ이 바뀌어 있는 건, 자살이 아니라 살자라고 말하기 위해서야."

"사기꾼이구나, 너! 너, 정말 나쁜 사람이야. 나한테 왜 이래! 왜 하필 나한테 이러는 거야!!!"

소유가 소리를 질렀다. K는 대답하지 않았다. 소유는 서럽게 울었다. 처음으로 울음을 참지 않고 울고 싶은 만큼 울었다. K는 소유의 눈물이 멈출 때까지 기다렸다가 입을 열었다.

"널 사랑하는 친구가 있잖아. 그러니까 살아. 죽을힘이 있다면 그 힘으로 살 수도 있는 거야."

소유의 마음에서 뭔가 터져 나왔다. 그동안 쌓인 분노

가, 미움이, 아픔이, 죽을힘이…… 무엇인지 모를 정도로 뒤섞인 뭔가가 마구 터져 나왔다. 엉엉 소리를 내며 뜨거운 상처도 쏟아져 나왔다. 가슴이 아픈데 시원했다. 마음속 큰 통에 빼곡히 담겨 있던 폭죽에 방금 불이 붙은 것 같았다. 한꺼번에 불꽃이 터지니 시원한데, 불꽃이 터지며 마음 높은 곳에 닿아 아팠다. 폭죽은 새벽이 될 때까지 그칠 줄 몰랐다.

"이제 다 터트린 거 같은데? 배고프지 않아?"

소유는 K의 말에 마음을 살폈다. 정말 폭죽이 다 터진 것 같았다.

"배고파."

"가자. 이럴 땐 편의점 라면이 진리다."

K가 앞장섰다. 소유는 K를 따라 내려갔다. 죽으러 올라왔다가 살아서 내려가다니……. 소유는 피식 웃음이 났다. K는 소유가 웃고 있다는 것을 느꼈지만 돌아보지 않았다. 안도의 한숨을 내쉬며 미소를 지었다.

'엄마, 내가 엄지공주 살렸어. 잘했지? 거기서 웃고 있지?'

K는 마음으로 물었다. 고개를 끄덕이고 있는 엄마가 떠올라 또 한 번 미소를 지었다.

K와 소유는 맞은편 편의점으로 갔다. 소유는 튀김우동을, K는 육개장을 먹었다. 소유가 튀김우동 면발을 한 입 가득 넣고 물었다.

"튀김우동이란 노래 있는 거 알아?"

"아니. 육개장이란 노래 있는 거 알아?"

"진짜?"

　　K는 고개를 끄덕였다. 소유는 휴대폰을 꺼내 음원서비스 앱을 열었다. 육개장을 검색하고 놀란 눈으로 말했다.

"대박! 진짜 있어! 대박!"

"거봐. 죽지 않으니까 좋지. 튀김우동도 먹을 수 있고, 육개장이란 노래도 알게 되고."

　　소유의 마음에서 또 폭죽이 터졌다. 눈에서 다시 소나기가 내렸다. K가 놀라서 물었다.

"뭐야! 아까 다 터진 거 아니었어?"

"남아 있었나 봐. 너 나빠. 나쁘니까, 따뜻한 봄이 다시 올 때까지 내 곁에 있어줘."

"갑자기?"

"튀김우동 가사야."

　　소유가 웃었다. K도 웃었다. 라면이 불었다. 소유도 K도 그렇게 불은 라면을 그렇게 맛있게 먹을 수 있는 줄 몰랐다.

소유는 엄마를 만나러 가려고 버스를 타면 그 라면이 자주 떠오른다. 자리에 앉아 음원서비스 앱을 열었다. 튀김우동과 육개장을 반복 재생했다. 휴대폰 진동이 울렸다.

K — 잘 가고 있어? 난 인터뷰하러 간다.

ㅇㅇ 인터뷰?

K — 경식이 살리라며.

아, 나 인터뷰할 거 아니었어?

K — 응, 아니었어. ㅋㅋ

그럼 누구?

K — 경식이 새아빠.

아…… 잘 다녀와.

K — 응, 너도.

소유는 알고 있다. 경식이는 새아빠를 좋아한다. 어쩌면 사랑한다. 경식이의 엄마도 알고 있다. 경식이만 모르고 있다. 아니, 부인하고 있다. 소유는 눈을 감고 마음으로 기도했다.

'신이 있다면, 경식이도 살려주세요.'

소유가 눈을 뜨자 안내방송이 흘러나왔다.

"이번 역은 사랑요양병원 입구, 사랑요양병원 입구입니다."

버스가 멈췄다. 소유는 서둘러 내렸다. 이 정류장에서 내리는 사람은 별로 없어서 얼른 내려야 한다. 소유는 병원 입구에 잠시 멈춰 서서 눈을 감았다.

'신이 있다면, 우리 엄마도요. 우리 엄마 기억도 살려주세요.'

소유는 마음에서 눈으로 올라오는 눈물을 재빨리 밀어 넣고 병원 안으로 들어갔다. 207호. 엄마는 3년째 207호에 있다. 207호 안으로 들어가면 소유는 시유가 된다. 소유는 207호 앞에 서서 심호흡하고 문을 열었다. 문이 열리자마자 엄마는 벌떡 일어나 소유에게 왔다. 반가움이 가득 담긴 표정으로 소유의 손목을 덥석 잡고 말했다.

"시유야, 학교 갔다 왔어?"

소유는 매번 밝게 웃으며 인사하려고 마음먹지만 그게 잘되지 않았다.

"응."

"무슨 일 있었어? 표정이 왜 그래?"

엄마는 걱정스러운 표정으로 물었다. 소유는 애써 밝은 표정으로 대답했다.

"아니야. 아무 일도 없었어."

"그렇지. 우리 시유는 너무 착해서 친구랑 싸우지도 않을 거야."

"응, 안 싸워. 엄마, 앉아. 앉아서 얘기해."

엄마는 고개를 끄덕이며 침대에 걸터앉았다. 소유가 엄마 옆에 앉으며 물었다.

"엄마는 뭐 했어?"

"의사랑 그림 그리고 간호사랑 얘기하고……."

"새로 온 간호사 언니 예쁘더라."

"뭘. 우리 시유가 더 예쁘지."

엄마는 소유의 볼을 쓰다듬다가 소유와 눈이 마주쳤다. 소유는 그 순간, 제발 자신을 알아봐주기를 바랐다.

"엄마, 내가 누구야?"

"엄마 딸, 시유."

소유의 소원은 다시 마음에 숨었다. 익숙한 일이다.

"이번 간호사 언니랑은 잘 지내지?"

"날 안 좋아해."

엄마는 어린아이처럼 입을 삐죽 내밀며 말했다.

"우리 엄마를? 누가?"

"누구나."

"응?"

"누구나, 다, 모두, 전부 날 안 좋아해."

엄마의 얼굴에 그늘이 드리웠다. 소유는 엄마의 손을 잡고 아이를 달래듯 말했다.

"엄마, 내 친구가 그러는데 누구나 엄마를 좋아할 수는 없지만 엄마를 좋아하는 누구는 항상 있는 거래."

엄마는 사탕을 손에 쥔 어린아이처럼 웃었다. 소유는 엄마의 눈을 바라보았다.

'엄마, 나 소유야. 나도 엄마 사랑해. 나도 기억해줘. 시유가 떠난 걸 인정하지 않아도 돼. 대신 내가 있다는 건 인정해줘. 기억해줘.'

소유의 눈에 눈물이 고였다가 흘렀다. 엄마는 소유의 볼에 자신의 볼을 비비며 울었다.

"울지 마, 시유야. 네가 울면 엄마도 울어. 울지 마. 울지 마."

"응, 안 울어. 나, 안 울어."

소유는 욕심이 났다. 자신을 사랑해주는 경식이가 너무 좋지만, 엄마 한 명만 더…… 아니, 아빠까지 두 명만 더 자신을 사랑해줄 누구이기를 바랐다. 이 욕심만은 채워지기를 기도했다. 그러나 여전히 상황은 변하지 않는다. 엄마는 여전히 자신을 기억하지 못하고, 아빠는 여전히 술에 빠져 있다. 소유는 정말 신이 있기를 바라지만, 삶은 매번 신의 부재를 더 확신하게 한다.

"시유야, 울지 않을 거지? 그럴 거지?"

엄마는 소유의 얼굴을 살피며 재차 물었다. 소유는 고개를 끄덕이며 생각했다. 신은 존재하지 않는 허상이라고…….

3

사랑은 녹음되지
않아도 사랑이야

소유는 목 놓아 울다가 K에게 물었다.

"왜, 왜 죽으려는 사람을 이렇게 만나? 왜 살려? 왜?"

소유는 알고 있었다. 자신에게 난 화를 K에게 돌리고 싶어 소리친다는 것을⋯⋯. 하지만 K에게 화가 난 거라고 믿고 싶었다. 그래야 자신의 한심함이 조금은 덜어질 것 같았다.

K는 대답하지 않았다. 그 질문에 당황하지도 않았다. 자살클럽을 운영하기 전에도 자살을 막으러 다녔다. 어느 건물의 옥상에서 자살했다는 뉴스가 나오면 그 옥상을 자주 찾아갔다. 문이 잠겨 있으면 그 근처 옥상들을 다니기도 했고, 마포대교에 가기도 했다. 한 달에 한 번꼴로 자살을 시도하는 사람을 만났다. 달래도 보고 소리

도 질러봤다. 이야기를 들려주기도 하고 몸으로 막기도 했다. 그럴 때마다 이런 질문을 많이 들었다. 왜 살리려고 하느냐고, 혹은 왜 살렸냐고…… 원망의 소리로 들리지만 K는 안다. 오히려 감사의 표현이라는 걸. 살고 싶어서, 살려고 묻는 말이라는 걸. 그래서 그 질문이 나오면 K는 기쁘다. 또 한 명 살렸다는 기쁨이 K를 에워싼다. 소유의 질문을 들은 K의 얼굴에 미소가 떠올랐다.

"왜 웃어? 내가 웃겨?"

소유가 쏘아붙였다. K는 손사래를 쳤다.

"아, 아니야, 그런 거."

"근데 왜! 왜 대답은 안 하고 웃어? 왜 사람을 살리냐고 물었잖아!"

K는 담담하게 입을 열었다.

"엄마가, 죽었어."

소유는 놀랐지만 놀라지 않은 척하려고 노력했다.

"그…… 그게, 왜? 그게 왜 살리고 싶은 이유가 돼?"

"내 눈앞이었어. 내 눈앞에서 엄마가 천장에 매달렸어. 내가 사랑한다고 외쳤는데도 말이야. 겨우 열 살짜리 아이가 엄마 사랑한다고 목이 터져라 외쳤는데 한발 늦은 거야. 그래서 이젠 절대 한발이라도 늦고 싶지 않은 거야. 넌 죽으면 끝이지? 널 사랑하는 친구는…… 가족은…… 끝나지 않아. 살았는데 마음이 죽어. 죽은 채로 살아 있게 돼. 내가 그래. 내가 그러니까 그런 모습을 도저히 못 보겠어. 그래서, 살리고 싶어.”

소유는 아무 말도 할 수 없었다. K는 주섬주섬 짐을 챙겼다. 소유는 눈물을 닦았다. 너무 창피하고 부끄럽고 미안했다. 왜 이런 감정이 드는지 알지 못한 채 하늘을 보았다. 별 하나 없이 캄캄했다. 소유의 마음처럼.

일주일 후, 소유는 K에게 전화를 걸었다. K는 발신자의 이름을 한참 쳐다봤다.

‘살자클럽 첫 고객, 살았다’

그저 뿌듯하고 벅찼다. 웃음이 났다. 전화가 끊겼다. 다시 전화가 왔다. 바로 받았다.

“여보세요.”

“나야, 알지?”

“응.”

“만나자.”

“그…… 래.”

“지금 어디야?”

K는 자신이 있는 스타벅스 위치를 알려주었다. 소유

는 누가 쫓아오기라도 하는 듯 급하게 뛰어 들어왔다.
두리번거리다 K를 발견하고 앞자리에 털썩 앉아 숨을
헉헉대며 말했다.

"도와줄게."

K는 당황했다.

"뭘?"

"너, 사람 살리는 거. 내가 있으면 유리할 거야. 나, 남
의 생각을 읽거든."

K는 피식 웃으며 말했다.

"너 은근 장난꾸러기구나?"

소유도 피식 웃음이 새어 나왔다.

"암튼 도와준다고."

"혼자가 편한데⋯⋯."

"사랑해줄 사람이 있으니 살라고 하는 사람 아니야,
너? 그럼 더불어 함께 살아야지. 혼자 이기적이면 안 되
지 않냐?"

"일리가 있네. 오키. 콜!"

"너 왜 이렇게 쿨해?"

"사람 살리는 사람은 쿨하면 안 돼?"

"아니, 뭐 안 될 건 없지."

"그래, 그럼 난 쿨한 걸로 확정!"

K의 말에 소유가 웃었다. K도 따라 웃었다. 소유가 물었다.

"근데 너 몇 학년이야?"

"그거 너무 나쁜 질문이야."

"왜?"

"학교 안 다니는 사람들을 배려하지 않은 질문이잖아."

"아…… 그 생각은 못 해봤어. 미안. 그럼…… 몇 살이야?"

"십팔!"

"오~ 동갑이네. 그럴 줄 알았어. 내가 생각 읽는다니까."

K가 웃었다. 소유는 K의 배낭을 잡아당기며 말했다.

"나, 그거 다시 한 번만 들려줘. 그 인터뷰……."

K는 보이스 레코더를 꺼내 이어폰을 연결하고 소유에게 건넸다. 소유가 이어폰을 귀에 꽂자 K는 재생 버튼을 눌렀다.

"정말 사랑하는 친구가 있나요?"

K의 목소리였다. 경식의 목소리가 이어졌다.

"그럼요."

"누구죠?"

"소유…… 라는 친구예요."

소유의 눈에서 눈물이 고일 새도 없이 떨어졌다.

"너, 울보구나."

K가 말했다. 소유는 눈물을 훔치며 혼잣말을 했다.

"있었네, 나도, 날 사랑해줄 누구…… 있었어. 쌍, 없는 줄 알았잖아. 없는 줄 알고 죽을 뻔했어. 아, 상상만 해도 개억울해."

소유는 울며 웃었다. 몇 번이나 녹음을 재생했다. 소유의 휴대폰이 울렸다. 경식이 보낸 메시지였다.

> **경식** ─ 나 죽게 해주는 데 알려준다며. 얼른 알려줘.

소유는 눈을 감았다.

'신이 있다면, 경식이도 살려주세요. 꼭.'

K는 소유의 귀에 꽂혀 있는 이어폰 한쪽을 빼며 말했다.

"이제 그만하지."

"나 이거 이메일로 보내줘. 죽고 싶을 때마다 듣게."

"알았어. 하지만 기억해라. 사랑은 녹음되지 않아도 사랑이다."

"아이씨. 어디 웹툰에서 본 대사 읊지 말고 보내달라고."

"아, 성격 이상해. 알겠어. 이메일 주소 톡으로 보내."

소유는 바로 K에게 이메일 주소를 보냈다. K도 바로 파일을 보냈다. 소유는 휴대폰으로 이메일을 확인하고 중요 메일을 표시하는 별표를 눌렀다. 배시시 웃음이 났다.

"너 울다가 웃으면……."

"와, 그거 유딩 때 엄마가 놀리는 말로 했던 거잖아."

"맞아, 우리 엄마도 그랬……."

K의 얼굴에서 웃음이 걷혔다. 소유는 그 이유를 눈치챘다. 그 마음을 조금은 알 것 같았다. 소유에게도 엄마라는 단어는 아픔이니까.

"야, 근데, 너는 무슨 뜨아를 먹냐? 아아가 진리지."

소유는 얼른 화제를 돌렸다. K도 원하던 바였다.

"뜨아는 나이 든 사람이 먹는 거라고 생각하는 거지, 너? 그거 나이 든 사람들에게 엄청 실례되는 발언이다."

"그래도 젊음은 아이스 아니냐?"

"사실 우리가 아메리카노 먹는다는 자체가 늙은 거임."

"흐흐, 인정. 근데 아까 그 말 어디 웹툰에서 본 거임?"

"무슨 말?"

"사랑은 녹음되지 않아도 사랑? 그거."

"내가 한 말인데."

"오~ 쩌네."

"그것 때문에 살잖아, 우리."

"엥?"

"녹음하지 않았는데 마음에 녹음된 사랑들이 있잖아?"

"와, 너 치킨 먹을 때 껍질만 먹냐? 겁나 느끼해."

소유는 K를 놀렸지만 사실 울컥했다. 문득 떠올랐다. 엄마가 시유 말고 소유를 더 많이 불러줬던 기억, 시유라고 부르지만 가끔 소유의 안부를 묻는 엄마, 지금은 곁에 없지만 곁에서 울고 웃었던 시유, 지금은 술만 사랑하지만 시유와 소유를 정말 사랑했던 아빠⋯⋯. 너무 많았다. 녹음하지 않았는데 녹음된 사랑들⋯⋯. 툭툭 튀어나오는 기억들이 눈물샘을 자극했지만 소유는 울기 싫어 고개를 들었다. K에게 너무 우는 모습만 보인 거 같아서 이제 밝은 모습만 보이고 싶었다.

그런데 이번에는 K가 그럴 기분이 아닌 것 같았다. K는 멍하니 창밖을 바라보고 있었다. K의 눈에 슬픔이 보였다. K도 기억을 재생하는 중이었다. 무심하게 생을 마감했던 엄마만 기억 속에 있는 줄 알았는데, 아니었다. K의 옆으로 다가와 달려오는 자전거를 막아서는 엄마도

있었다. 사랑한다고 외치던 건 자신뿐인 줄 알았는데 사
랑한다고 말하는 엄마도 있었다. 마음에 녹음된 사랑이
너무 많았다. 소유는 K를 보다가 결국 울어버렸다. K의
마음이 느껴졌다. 자신의 아픔보다 경식의 아픔이 더 아
프게 느껴져서 울었던 날처럼 또 엉엉 울어버렸다.

(K)─〔 너 또 울고 있지? 〕

소유는 엄마 병원에 다녀오면 꼭 이불을 뒤집어쓰고
운다. 그렇다고 한 번도 운다고 말한 적은 없는데 K는
마치 그 모습을 보고 있는 것처럼 울고 있을 때 연락한
다. 소유의 대답은 언제나 똑같다.

(소유)─〔 안 울어. 〕

K의 답은 언제나 다르다. '울지 마' 할 때도 있고 '엄마
도 볼 수 있고 살기를 잘했지?' 할 때도 있고 '울고 싶은
만큼 울고 연락해' 할 때도 있다. K의 말이 무엇이든, 신
기하게도 소유의 눈물을 멈춘다.

K ─ 다 울고 나서 연락해

괜찮아. 인터뷰 끝냈어?

K ─ 응, 경식이 새아빠는 경식이 사랑해. 알고 있었어?

응, 한 번 만난 적 있는데 보이더라. 사랑이.

K ─ 웹툰 대사처럼 말하지 말라며 이젠 니가 그러냐?

암튼 진지한 꼴을 못 봐. 그래서 녹음 잘했냐고?

K ─ 응, 녹음했어, 그 사랑, 아주 잘.

잘했어. 경식이도 알게 되겠지?

K ─ 뭘?

녹음된 사랑도, 녹음되지 않은 사랑도 사랑인걸.

K ─ 당근! 자살클럽이 살자클럽인 걸 알면 나 때리진 않겠지?

걔가 군화한테 맞은 기억 때문에 격투기 배웠다더라.
거기 쌤이 무슨 주먹이 이렇게 세냐고 그랬대.

K ─ 진짜?

진짜지. 진짜 구라임!

K ─ 내가 격투기를 배워야겠네.

ㅋㅋ 넌 배워도 안 돼.

K ─ ㅇㅈ

ㅋㅋㅋㅋ 다 느리면서 인정만 빨라.

K ─ 그것도 ㅇㅈ!

소유가 웃었다. 정말 죽고 싶었는데 정말 죽지 않은 게 다행이라는 생각이 들었다. 그게 웃겼다. 사실 아직은 잘 모른다. 정말 '자살클럽'이 '살자클럽'인 걸 계속 고마워하며 살게 될지……. 하지만 적어도 지금은 고맙다.

소유는 휴대폰으로 중요 메일에 첨부된 파일을 열었다.

"정말 사랑하는 친구가 있나요?"

"그럼요."

"누구죠?"

"소유…… 라는 친구예요."

소유의 눈에서 또 눈물이 흘렀다. 경식에게 메시지를 보냈다.

너라는 친구가 있어서 참 다행이야.

경식〉죽기 전에 널 알게 되어서
나도 참 다행이야.

'그러니까 살아. 그러니까 살자. 꼭 살자.'

소유는 마음으로 말했다. 녹음하지 않은 이 마음도 사랑임을 소유는 알고 있었다.

그러니까 울어도 돼요

- 안녕하세요, 오늘도 '새벽 2시의 오후'를 청취해주시는 분들에게 감사를 전합니다. 오늘은 여러분이 기다리시는 수요일의 특별 코너 '그대 마음의 기분'이 있는 날이죠. 저도 매번 제 마음의 기분이 궁금한데요. 오늘은 더더욱 그렇습니다. 이 코너의 게스트인 에세이스트 김희서 씨의 신간이 나왔거든요. 책 제목이 '그대의 마음도 기분이 있어요'예요. 제목부터 너무 끌리죠? 이 코너에서는 매번 여러분의 마음을 듣고 기분을 살펴봤는데요. 오늘은 특별히 책 출간 이야기도 들으며 김희서 작가님의 기분을 살펴보려고 합니다. 그럼 바로 만나보겠습니다. 김희서 작가님, 안녕하세요.

- 네, 안녕하세요. 반갑습니다.

- 따끈따끈한 신간이 나왔는데요. 기분이 어떠세요?

- 오늘 제 마음의 기분은 맑음입니다.

- 그럴 줄 알았습니다. 3년 넘게 방송을 같이 하다 보니 저도 작가님 마음의 기분을 읽는 능력이 생겼나 봅니다.

- 푸름 디제이님이 제 마음을 읽어주신다면 저야 그저 고맙죠.

- 제가 더 감사해요. 저는 이름이 푸름이라서 우울한 날은 좀 불리하잖아요. 그런데 마음이 흐린 날, 작가님이 흐려도 괜찮다고 말씀해주시면 너무 위로되더라고요. 그럼 책 이야기를 좀 해볼까요? 책 표지에 꽃 두 송이가 피어 있어요. 어떤 의미가 있나요?

- 네, 사춘기 두 딸의 모습을 꽃으로 표현해달라고 일러스트 작가님께 부탁드렸어요.

- 아, 그래서 꽃이 이렇게 보라색인 듯 아닌 듯 신비한 색깔이군요.

- 흐흐, 그렇습니다.

- 한 분은 작가님 딸이지만, 한 분은 조카를 입양하신 거라고 알고 있어요.

- 네, 맞습니다. 그 녀석은 제가 마음공부를 하게 된 이유이기도 해요.

K는 라디오를 껐다. 이모가 나오는 방송은 빠짐없이 듣지만 자신의 이야기를 할 때는 듣지 않는다. 아니, 듣지 못한다. 엄마를 잃고 아빠도 잃고 이모의 집으로 오게 된 이야기는 아직도 자신의 이야기로 잘 받아들여지지 않는다. 사람들이 "그게 사실이야? 그런 일도 있어?"라고 묻는 이야기는 당사자에게도 그런 느낌이란 걸 사람들은 알까? K는 아직도 그게 사실인지, 정말 그런 일이 있을 수 있는지 잘 모르겠다. 괜히 생각이 꼬리에 꼬리를 물까 봐 이모가 책상 위에 두고 간 쪽지로 눈길을

돌렸다.

'한 권은 네 거. 한 권은 희재 거야. 네가 전해줘. - 이모 엄마가.'

쪽지 밑에는 책 두 권이 있었다. 이모의 신간 『그대의 마음도 기분이 있어요』였다. 책을 펼치자 이모의 사인이 보였다.

사랑한다, 나의 조카이자 딸.

괜히 눈물이 날 것 같아서 왼쪽으로 시선을 옮겼다. 이모의 소개가 있었다.

지은이_김희서
언니와 같은 해에 딸을 낳았다. 언니가 세 달 먼저였다. 이 딸들을 우리처럼 자매로 키우자고 했다. 그런데 아이가 열 살 때 언니는 자신의 목숨을 버렸다. 아픔 속에서 조카를 딸로 삼았다. 조카는 나를 '이모 엄마'로 부른다. 나를 '엄마'라고 부르는 녀석과 사이가 좋은 자매이기를 바라는데 그게 쉽지 않다. 그래서 심리학을 공부하기 시작했다. 마음의 기분이 있다는 것. 사랑하는 사람의 마음을 있는 그대로 보고 싶다는 것. 그 진심이 이 책에 오롯이 담겨 있다.

K는 알고 있다. 이모는 언제나 진심이라는 것을. 그래서 가끔은 거짓이 있으면 좋겠다고 생각한다. 이모의 진심은 고마운 만큼 미안하고, 그 미안함은 참 힘겹다.

현관 열리는 소리가 났다. K는 책 한 권을 들고 잽싸게 나갔다. 희재가 자신의 방으로 들어가려는 찰나였다.

"이거…… 이모…… 엄마가 주래."

희재는 눈을 흘겼다.

"나보다 너한테 더 엄마 같은데 아직도 그렇게 호칭이 정리가 안 되냐? 책 싫어. 버려."

희재는 문을 일부러 소리 나게 닫고 들어가버렸다. K는 희재의 방문을 잠시 바라보다 자신의 방으로 들어갔다. 다시 라디오를 켰다.

- 작가님의 삶 이야기는 언제 들어도 곧 비가 내릴 것 같은 날씨를 만들어요.

- 하하, 디제이님도 저랑 오래 방송하시더니 마음의 기분뿐 아니라 마음의 날씨 예보도 가능해지셨네요. 이제 저 없이도 이 코너 진행이 가능하신 거 아니에요?

- 암튼 분위기 전환 능력도 대단하세요. 저 혼자는 안 됩니다. 제가 이 방송 접을 때까지 계속 같이하셔야 해요.

- 피디님이 저 자르면 같이 시위하는 걸로?

- 흐흐, 좋습니다. 피디님 얼굴은 사색이 된 것 같지만 우리는 오늘도 기분 좋게 마무리하죠. 마지막으로 이 방송을 듣고 계시는 분들에게 한 말씀 부탁드려요.

- 그대의 마음도 기분이 있습니다. 몸으로 느끼는 날씨 말고 마음의 기분도 살펴주세요. 흐려도 괜찮습니다. 맑고 흐림은 옳고 그름이 아니에요. 마음의 기분은 언제나 옳습니다. 친구가 우울해 보이면 "기분이 어때?"라고 묻는 것처럼 자신의 마음에도 물어주세요.

K는 라디오를 끄고 책을 폈다. 앞부분에 자신의 이름

이 등장해서 책장을 여러 장 넘겨버리고 읽기 시작했다.

한동안 우리집에 사는 두 아이의 기분에만 집중했어요. 어떻게 하면 이 아이들의 마음이 맑을까, 어떻게 하면 이 아이들의 마음이 웃을까. 그러다 문득 저의 마음을 보게 되었어요. 한 번도 보지 않은 것처럼 어색했죠. 고개를 돌릴까 하다가 이렇게라도 안 보면 나의 마음은 영영 보지 않겠구나 두려웠어요. 그래서 찬찬히 내 마음을 들여다봤죠. 그러다가 놀랐어요. 아이들의 마음이 우울해서 내가 우울한 줄 알았는데 아니었어요. 나는 내 슬픔을 외면하고 있었어요. 사람들의 마음을 들여다보고 기분을 체크하고 말해주고, 그 내용으로 방송하고 글을 쓰는 내가 정작 내 마음의 기분은 모른 체하고 있더라고요. 내 마음에는 먹구름이 잔뜩 드리워져 있었어요. 언니의 죽음을 슬퍼할 시간도 없이 아이들의 슬픔만 보고 있었어요. 얼마 후에 아내를 잃은 슬픔을 견디지 못하고 형부도 떠났어요. 그러니까 정말 내 슬픔을 볼 시간이 없더라고요. 아이들은 오롯이 내 몫이 되었고, 나는 앞이 캄캄했어요. 나도 슬펐지만, 내 슬픔을 엄마와 아빠를 잃은 아이의 슬픔에 견줄 수 없으니 그저 밀어둘 수밖에 없었죠. 이모와 엄마라는 이름의 나만 존재하는 듯 동생이라는 이름의 나는 외면하고 있었어요. 유일한 혈육인 언니를 잃은 건데, 나도 아이처럼 엉엉 울어도 되는 건데……. 그 사실을 깨닫고 내 마음의 기분을 알게 되니 눈물이 났죠. 언니를 보낸 후로 처음이었어요. 그거 알아요? 눈물 날 만큼 슬퍼야 눈물도 나는 거예요. 그 이상의 슬픔은 눈물을 내지도 못해요. 눈물을 만날 시간도 내어주지 않죠. 눈물이 난다는 건, 그제야 그 묵직한 슬픔이 눈물 날 만큼은 가벼워졌다는 거예요. 그래야 마음에서 눈물이 빠져나올 수 있거든요. 나는 울었어요. 울 수 있어 기뻤죠. 기뻐서 더 울었어요. 방문을 잠그고 음악을 틀고 이불을 뒤집어쓰고 엉엉 울었죠.

울 수 있는 건 기쁜 일이에요. 울지 못할 만큼 아팠던 날이 조금은 지나가고 있다는 말이거든요. 그러니까 울어요. 울어도 돼요.

K는 창밖을 보았다. 엄마가 떠난 이후로 울고 싶을 때 창밖을 보는 버릇이 생겼다. K가 그러고 있으면 어른들은 애늙은이 같다고 했다. 이모는 그게 더 슬퍼 보인다고 차라리 울라고 했다. 책 속의 이 글도 그렇게 말하고 있었다. 하지만 K는 울 수 없었다. 아직 K의 슬픔은 울

만큼 가벼워지지 않았다.

　일요일 밤 8시. 소유와 K는 우리빌딩 옥상에서 만났다. K는 소유에게 비장한 표정으로 물었다.

　"가져왔어? 진짜 큰 거야?"

　소유는 고개를 끄떡이고 가방에서 블루투스 스피커를 꺼냈다.

　"진짜 크네. 어디서 났어?"

　"설마 훔쳤겠냐? 댄스 동아리 담당 쌤한테 빌렸어. 내일 드리기로 하고."

　"오~ 잘했네. 그럼 문 바로 옆에 두고 실험해보자."

　"오키!"

　소유는 마치 귀한 도자기를 내려놓듯 스피커를 내려놓았다. K는 휴대폰을 꺼내 블루투스를 연결하고 라디오 다시 듣기를 틀었다.

　- 안녕하세요, 에세이스트 김희서입니다. 오늘도 그대의 마음을 살펴볼텐데요.

　"오! 이소유! 잘 나온다!"

"또 너희 이모냐? 암튼 이모 빠야."

"흐흐, 우리 이모 목소리는 언제 들어도 좋지 않냐?"

"그건 인정!"

K가 웃었다. 소유도 따라 웃다가 문득 심각해졌다.

"…… 경식이도 나처럼 살겠지?"

K는 소유의 어깨를 두드렸다.

"당근!"

소유는 고개를 끄덕이며 말했다.

"레코더로 녹음한 건 휴대폰으로 잘 옮겨놓은 거지?"

"당근!"

"그래, 우린 할 수 있어!"

"완전 당근!"

K와 소유는 서로의 눈을 보며 꼭 잘될 거라는 눈빛을 주고받았다.

9시 10분. 경식은 우리빌딩 앞에 있었다. 바로 옥상으로 올라가서 기다리려고 했는데 전화가 왔다. 엄마였다.

"밥은 먹었어?"

"내가 굶는 거 봤어? 잘 먹었어. 오늘 야자하고 늦어."

"야잔데 어떻게 전화 받아?"

"쉬는 시간이야."

"알겠어, 그럼 열심히 해."

"엄마!"

"응……?"

"행복하게 살아야 해."

"뜬금없이 무슨 소리야?"

"그냥 그렇다고. 끊을게."

"경식아! 네가 더 행복했으면 좋겠어, 엄마는."

경식의 마음에 눈물이 맺혔다. 경식은 마음이 약해질까 봐 얼른 통화를 마무리했다.

"어, 엄마, 나 야자 시작. 나중에 얘기해."

전화를 끊고 보니 말을 잘못했다. 죽을 건데, 나중이 어디 있다고……. 내가 죽고 나면 엄마가 나중에 얘기하자면서 왜 죽었냐고 그럴 텐데……. 다시 전화해서 인사를 할까 하다가 말았다. 그건 더 이상한 행동이라 엄마가 의심할 것 같았다. 그럼 이제 올라가야지, 하다가 소유 생각이 났다. 소유가 먼저 가고 나서 자신이 가면 좋을 거라 생각했다. 자신이 먼저 가면 소유가 슬플 테니 소유를 먼저 보내고 자신이 슬퍼하다가 가는 게 낫다는 생각이었다. 일주일이면 딱 좋은 기간이었다. 일주일 동안 소유가 그리워 울다가 자신도 떠나면 되니까. 그런데 소유가 먼저 가지 않았다. 막상 떠나려고 하니 정리할 마음들이 떠올랐다고 했다. 그게 마음에 걸린다. 내가 먼저 가면 소유가 너무 슬플 텐데…… 그 생각을 하니 망설여졌다. 하지만 그렇다고 안 죽을 수는 없었다. 경식은 소유에게 마지막 인사를 남기려고 다시 휴대폰을 들었다.

> **경식** 소유야, 난 이제 떠나. 네가 먼저 가면 내가 슬퍼하면 되는데 내가 먼저 가면 네가 슬퍼할까 봐 마음이 아파. 하지만 마지막 인사를 하는 것도 꽤 아프다. 내가 먼저 가면 넌 나에게 마지막 인사는 안 해도 되니 그건 다행이다 싶어. 너라는 친구를 만나 행복했어. 우리 하늘에서도 좋은 친구 하자. 내가 먼저 가서 기다릴게.

소유는 휴대폰을 붙들고 눈물을 뚝뚝 떨어뜨렸다. K는 휴대폰을 빼앗으며 말했다.

"울지 마. 경식이 안 죽어."

"그래서 우는 거 아니야. 이 마음이 너무 고마워서…… 그래서 우는 거야."

K는 할 말이 없었다. 이 눈물은 막으면 안 될 것 같았다. 하지만 소유가 막았다. 소유는 옷소매로 눈물을 훔치며 말했다.

"안 울 거야. 경식이 안 죽으니까 안 울 거야."

K는 말없이 휴대폰을 다시 건넸다.

9시 40분. 소유는 옥상 계단 위에, K는 옥상 문 앞에 서 있었다. 옥상으로 올라오는 발걸음 소리가 났다. 소유가 얼른 옥상으로 뛰어 올라갔다.

"지금 올라오고 있어."

소유는 얼른 뛰어가 물탱크 뒤에 숨었다. K는 소리 나지 않게 아주 조심스럽게 문을 닫고 뛰어가 소유 옆에 섰다. 곧 옥상 문이 열렸다. 경식이 들어왔다. 소유는 자신도 모르게 '헉' 소리를 낼 뻔했다. 스스로 입을 막았다. 경식은 주위를 두리번거렸다.

"아직 안 왔나? 10시 맞춰서 오려나?"

경식은 문 옆에 털썩 앉았다. 블루투스 스피커 바로 옆이었다. 소유는 경식이 스피커를 발견했을까 봐 가슴이 철렁했다. 다행히 경식은 아무것도 보지 못하고 휴대폰을 꺼냈다. K는 심호흡하고 녹음을 재생했다. 블루투스 스피커를 통해 K의 목소리가 흘러나왔다.

"안녕하세요, 대웅고등학교 방송국에서 나왔습니다."

경식은 깜짝 놀라며 벌떡 일어났다. 무슨 소리인지 몰라 주위를 두리번거렸다.

"네, 무슨 일이에요?"

새아빠의 목소리였다. 경식은 바로 목소리를 알아들었다. 숨이 멎을 것 같았다.

"네, 어버이날 특집으로 저희 학우들의 부모님을 취재하고 있습니다. 아들과 아들 친구들을 위해 잠깐 인터뷰를 해주실 수 있을까요? 아드님께는 비밀로 해주세요. 저희가 어버이날 서프라이즈 방송을 하려고 합니다."

"아, 알겠어요."

"감사합니다. 그럼 인터뷰 시작하겠습니다. 아버지의 꿈은 무엇이었나요?"

"왜 과거형이에요? 난 지금도 꿈을 꾸는데……. 어른도 꿈꿀 수 있잖아요."

"아, 그렇네요. 제가 실수했습니다. 그럼 아버지의 꿈은 무엇인가요?"

"좋은 아빠가 되는 게 꿈이에요."

"와, 감동적이에요. 그럼 그 꿈을 이루어가고 계신가요?"

"아직 조금씩 다가가고 있어요. 이룰 수 있겠죠?"

"그럼요. 그럴 거예요."

경식은 얼마 전 식탁에서 그가 했던 질문이 떠올랐다.

"경식아, 넌 꿈이 뭐야?"

"없어요, 그런 거."

"난 있는데."

경식은 관심 없었다. 엄마가 눈을 동그랗게 뜨고 그에게 얼굴을 들이밀며 물었다.

"뭔데?"

"좋은 아빠가 되는 거."

그 말은 참 별로였다. 아빠가 좋을 수 있나? 경식은 말도 안 된다고 생각했다. 아빠는 군화인데, 운동화보다 훨씬 아픈 군화인데……. '아빠'라는 명사와 '좋은'이란 형용사가 어울릴 수 있나? '아빠'라는 명사와 '좋다'라는 동사는 반대말인데? 경식은 혼란스러웠다. 새아빠가 경식의 눈치를 살폈다. 경식은 아무 말도 하지 않고 김밥을 먹었다. 새아빠는 경식 앞으로 단무지 접시를 밀어주며 말했다.

"난 근데 좋은 아빠가 뭔지 몰라. 아빠를 본 적이 없거든. 마치 유니콘처럼 상상 속에 있어. 나에게 아빠라는 단어는……. 그래서 잘 못하겠지만 그래서 더 잘하고 싶어. 네가 받아준다면……."

엄마는 감동의 눈물을 흘리며 새아빠를 바라봤다. 경

식은 짜증이 났다. 벌떡 일어나서 방으로 들어갔다. 거짓말 같았다. 그 말이 진짜라면 너무 이상했다. 믿을 수 없었다. 그러니까 거짓말이어야 했다.

"정말 멋지십니다. 그럼 마지막으로 아드님께 한 말씀 남겨주시겠어요?"

경식의 귀에 다시 K의 목소리가 들렸다. 그전에도 K와 새아빠의 대화가 몇 번 더 오갔는데 경식은 듣지 못했다. 머릿속이 엉망이었다. 아무것도 믿고 싶지 않았는데 모든 게 사실이라고, 마음이 말하고 있었다. 소유는 경식을 지켜보며 여전히 입을 막고 있었다. 이미 눈에서 흐르고 있는 눈물이 입에서도 터져 나올까 봐……. K는 먼 산을 보았다. K는 슬플 때 창이 있으면 창밖을 보는데 창이 없는 곳에선 먼 곳을 바라본다. 잠시 조용했던 스피커에서 다시 목소리가 흘러나왔다.

"음…… 나의 아들로 와줘서 고맙다. 매일매일 그런 생각을 하는데 네가 믿을지는 모르겠다. 믿지 않는다고 사실이 아닌 건 아니니까 사실을 말하고 싶어. 난 꼭 너의 좋은 아빠가 되고 싶어. 너의 좋은 아빠가 되어 그 꿈을 이루고 싶어. 사……랑…… 한다."

으엉엉엉엉-

경식의 입에서 울음이 터져 나왔다. 사랑이란 걸 느꼈다. 믿고 싶지는 않았다. 그런데 믿어졌다. 그동안 무시하고 지나치고 모른 척했던 새아빠의 마음이 눈앞에 우뚝 서 있었다. 더는 외면할 수 없었다. 온통 캄캄한데 새아빠의 진심만 빛이 났다. 경식은 미안해졌다. 그동안의 일들로 인해 지금 눈앞의 진심을 보지 못한 자신이 원망스러웠다. 꺼꺽 소리를 내며 가슴을 쳤다. 소유는 참지 못하고 뛰쳐나갔다.

"경식아!"

"소유야…… 네가 여기 어떻게……. 나…… 어떡해……."

소유는 눈물을 뚝뚝 흘리며 경식의 등을 토닥여주었다. 경식의 등에 소유의 눈물이 마치 꽃잎처럼 퍼졌다.

"경식아…… 울 수 있는 건 기쁜 일이야. 울지 못할 만큼 아팠던 날이 조금은 지나가고 있다는 말이래. 김희서 작가님이 그러셨어. 그러니까 울어도 돼. 울어. 맘껏 울어도 돼."

으엉엉엉-

잠시 꺼져 있던 경식의 울음소리는 소유의 말이 끝나자 다시 환하게 밤을 밝혔다. 소유는 계속 경식의 등에 꽃잎을 수놓았다. K는 하늘을 보며 작은 소리로 말했다.

"엄마, 엄마가 듣던 노래 있잖아. 사람이 꽃보다 아름답다는 노래. 그 노래는 이런 장면을 보고 만들었나 봐. 저런 사이, 정말 꽃처럼 아름답다. 그치?"

하늘에서 작은 별 하나가 반짝, 빛을 냈다. 마치 하늘에서 엄마가 "그렇지" 하고 맞장구를 치는 것 같았다. K의 입가에 미소가 번졌다.

5

그러니까 살아

K와 소유와 경식은 롯데리아로 자리를 옮겼다. 소유
가 '자살클럽', 아니 '살자클럽'에 대해 경식에게 설명했
다. 경식이 퉁퉁 부은 눈을 부릅떴다.

"헐…… 그러니까 '자살클럽'이 아니라 '살자클럽'이라
는 거야?"

K는 그 모습을 보고 피식 웃었다. 경식이 K를 째려봤
다. K는 손사래를 치며 사과했다.

"미안, 미안. 아, 미안하지 않아서 웃은 게 아니라……
아, 내가 미쳤나 봐. 미안."

소유도 경식에게 사과했다.

"미안해, 거짓말할 의도는 없었어. 그저 너도 나처럼
살았으면 좋겠어서…… 이 세상이 천국이라고 해도 네가

없으면 지옥일 테니까…… 간절했어. 그래도 미안해, 거
짓말해서……."

경식은 그 말이 좋았다. 천국이어도 함께이지 않으
면 지옥일 것 같다는 말. 하지만 내색은 하지 않았다. 무
표정을 유지해야 하는 타이밍이라고 생각했다. 셋 사이
에 잠시 침묵이 흘렀다. 경식은 롯데리아 안을 둘러보았
다. 자정이 넘은 시간인데도 사람들이 꽤 있었다. 하나
같이 즐거워 보였다. 이렇게 즐거운 사람들이 밤에도 있
었나? 옥상으로 올라가기 전까지는 다 어둡게만 보였는
데 옥상에서 내려오고 나니 다 밝아 보였다. 정말 이상
한 일이다.

"너희 정말 이상해."

"아, 인정."

K가 인정했다. 소유는 경식에게 설명했다.

"얘가 다 느린데 인정만 빨라."

경식은 결국 웃음을 참지 못하고 흘렸다. 그 모습에
소유는 안도의 한숨을 내쉬었다. K도 그제야 안심이 되
어서 말했다.

"그럼 우리 뭐 먹을까? 우리 한 시간째 메뉴 안 시키고
있었잖아. 저기 알바 언니가 째려보는 거 같아. 얼른 시

키자. 내가 쏠게."

"네가 쏜다면, 새우버거!"

"나는 새우버거 두 개!"

소유와 경식이 대답했다.

"두 개?"

K의 물음에 경식이 턱을 올리며 말했다.

"뭐야. 너 미안한 거 아니었어? 새우버거 두 개가 아까운 거야?"

"아, 아니야. 두 개가 아니라 세 개도 사지. 내가 주문하고 올게."

K가 서둘러 일어났다. 소유와 경식은 그 모습을 보며 웃었다. 경식이 소유에게 물었다.

"그런데 쟤는 어쩌다 살자클럽 이런 걸 만들었대?"

"그게 말이야……."

소유는 경식에게 K의 이야기를 담담하게 들려주었다. 경식의 눈에 눈물이 맺혔다. 주문하고 돌아온 K가 물었다.

"뭐야, 경식이 너, 울어? 또 마음이 안 좋아?"

"아, 아니야. 하품했어."

경식은 얼른 눈물을 훔쳤다. K가 왠지 대단하고 멋져 보였다. 동시에 안쓰러웠다. 경식은 가끔 생각했다. 엄마 때문에 아픔을 겪었지만 엄마가 없는 것보다는 낫다고. 그 생각에 견뎠고 참았다. 이따금 엄마가 없다는 상상만 해도 심장이 멎는 것 같았다. 그런데 K에게 그 상상이 현실이라니……. 안쓰럽고 놀랍고 아팠다.

계산대 위 화면에 K의 주문 번호가 떴다. 경식이 얼른 일어났다.

"네가 샀으니 내가 가져올게. 이런 게 진정한 더치페이지!"

경식이 계산대로 가는 모습을 보며 소유와 K는 웃었다.

"이제 안 죽겠지? 나처럼 그러겠지?"

소유가 물었다.

"당근!"

K가 말했다.

소유는 언젠가 K에게 물었던 적이 있다.

"요즘에 누가 당근이라고 하냐? 너무 아싸(아웃사이더) 용어 아님?"

"우리 엄마가 자주 썼던 말이야. 엄마가 당근, 그러면 왠지 힘이 났어. 다 잘될 것만 같았어."

K는 웃으며 이야기했는데 소유는 K의 웃음 뒤에서 눈물을 보았다. 그 이후로 K가 당근이라고 말하면 소유는

웃지만 슬펐다.

경식이 쟁반을 들고 왔다. 쟁반 위에는 새우버거 세트 4개가 놓여 있었다. 소유는 음료 컵 뚜껑 위에 케첩을 짜며 말했다.

"감튀 하나까지 다 먹자. 하나도 남기지 말고!"

"콜!"

K와 경식이 동시에 말했다. 셋이 햄버거를 다 먹고 감자튀김을 먹고 있는데, 경식이 불쑥 말했다.

"고마워."

소유와 K의 가슴이 철렁했다.

"살게 해줘서, 살아서 감튀 먹게 해줘서…… 아이씨, 졸라 맛있어."

경식은 울컥 올라오는 슬픔 위에서 웃었다.

"그러니까 살아. 감튀가 졸라 맛있으니까 살라고."

소유도 슬픔 위에서 말했다.

"오늘따라 더 졸라 맛난 거 인정!"

K는 창밖을 보며 말했다.

"나도 인정!"

"인정!"

소유와 경식은 감자튀김을 하나씩 들고 건배를 하듯

부딪치며 말했다.

　소유는 기쁜 마음을 안고 집에 도착했다. 열쇠를 몇 번이나 돌려 겨우 문을 열었다. 열쇠가 오래돼서 그런지 며칠 전부터 문이 잘 안 열린다. 아빠는 거실에서 잠들어 있었다. 옆에는 세 개의 소주병이 굴러다녔다. 한 병은 마시다 말았는지 소주가 옆으로 조금 흘러 있었다. 소유는 병을 살짝 들어 현관 앞으로 내놓았다. 걸레를 꺼내 소주를 닦았다.

　"시유야…… 우리 시유…… 어딨어……."

　아빠의 잠꼬대가 들렸다. 치킨을 사들고 와서 "사랑하는 딸들!" 하고 부르던 아빠는 이제 없다. 시유가 떠나면서 같이 사라졌다. 소유는 벽에 걸린 가족사진을 물끄러미 보았다. 엄마, 아빠, 시유, 소유가 함께 찍은 가족사진. 소유의 중학교 입학 기념으로 찍은 사진이었다. 불과 4년 전인데 40년은 지난 일처럼 느껴졌다. 휴대폰이 울렸다. 경식이었다.

경식 ─ 잘 들어갔어?

응. 너도?

경식 〉 응, 들어왔는데 아빠가 거실
에서 자고 있더라.
나 기다리다가 잠들었나 봐.

우리 아빠랑 똑같은데 부럽다!
우리 아빤 여전히 술하고 같이
잠들었거든.

경식 〉 ㅜㅜ

아, 근데, 대박!

경식 〉 뭐가?

너, 아빠라고 그랬지? 원래
그 사람이라고 그랬었잖아.

경식 〉 앗.

좋다.

경식 〉 뭐가!

그냥 다!

경식 〉 싱겁기는!

이따가 학교에서는 짜게 놀자.
ㅋㅋ 조금이라도 자.

경식 〉 ㅎㅎ 그래, 너도.

경식은 '정말 고마워'라고 쓰려다가 말았다. 말하기도 전에 소유가 들었을 것 같았다. 경식의 생각이 맞았다. 소유는 고맙다고 말하는 경식의 마음을 느꼈다. 소유는 가족사진을 보며 경식에게 답했다.

"나도 고마워, 정말."

사진 속 시유가 어제보다 더 밝게 웃는 것 같았다.

K는 이모가 깰까 봐 까치발을 들고 들어갔다.

"이은재, 너무 일찍 오는 거 아니야?"

K가 아무리 노력해도 이모는 속일 수가 없다. 이모의 말대로 차라리 귀신을 속이는 게 나을지도 모른다. 이모는 소파에 앉아 침대용 책상을 놓고 원고를 쓰고 있었다. K를 쳐다보지는 않았지만 쳐다보는 것보다 무서웠다. 고래고래 소리 지르는 것보다 한 번의 깊은 한숨이 더 무서운 것처럼.

"아, 이모! 아직도 집필 중? 역시 인기 작가님은 달라."

"딴소리로 넘어가려고 하지 마. 뭐 하다 이제 와?"

"독서실 끊었다니까."

"일찍일찍 다녀. 네가 그러고 다녀도 남자 같지는 않아. 아직도 여학생에게는 집에 잘 들어갔냐고 물어야 안심이 되는 세상이야."

"응! 명심할게, 이모 엄마."

"얼른 들어가. 잠깐이라도 자."

"응응, 알겠어."

K가 이모를 속일 수는 없지만 이모가 속아줄 때는 있다. 이모는 그게 사랑이고 믿음이라고 믿는다. K는 그런 이모가 참 좋다. K는 이미 걸렸는데도 까치발을 들고 방으로 들어갔다. 침대 위에 벌러덩 누워 휴대폰을 보았다. 소유의 메시지가 도착해 있었다.

소유 ┤ 오늘도 아빠는 술을 잔뜩 마시고 시유는 여전히 사진 속에서만 웃어. 누가 믿겠어. 저렇게 웃는 애가 자살했단 걸. ㅜㅜ 아까 엄마 간병인에게 연락해봤는데 엄마는 오늘도 시유만 찾았대.

ㅜㅜ

소유 ┤ 왜 ㅜㅜ야. 그러니까 산다는 말 하려던 건데.

응?

소유 ┤ 그러니까는 앞의 내용이 뒤의 내용의 근거가 될 때 쓰이는 접속부사잖아? 하지만 꼭 그 근거가 긍정적일 필요는 없지 않아?

소유 ┤ 그러니까 살게.

그래, 우리 삶이 부정적이라서, 그러니까 죽을 거야, 가 오히려 맞는 표현이라고 해도 우리는 반대로 살자.
좋잖아. 개썅 마이웨이!

소유 ┤ ㅋㅋㅋ 그러니까 너도 울어도 돼.

응??

소유 ┤ 너 울고 싶을 때 창밖 보지 말고 울어도 된다고.

K는 몰랐다. 자신이 슬플 때 창밖을 본다는 사실을 소유가 알고 있다는 걸. 그래서 K는 놀랐고 놀란 만큼 고마웠고 고마운 만큼 뭉클했다.

소유 ┤ 우냐?

웃어.

소유 ┤ ㅋㅋㅋㅋ

근데 너 우리 이모가 라디오에서 한 말을 어떻게 알아?
아까 경식이 달래줄 때~

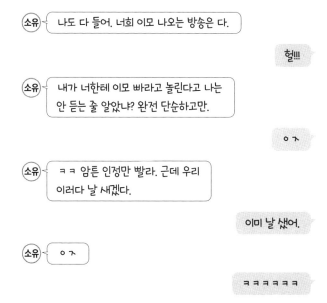

소유 ┤ 나도 다 들어. 너희 이모 나오는 방송은 다.

헐!!!

소유 ┤ 내가 너한테 이모 빠라고 놀린다고 나는 안 듣는 줄 알았냐? 완전 단순하고만.

ㅇㅈ

소유 ┤ ㅋㅋ 암튼 인정만 빨라. 근데 우리 이러다 날 새겠다.

이미 날 샜어.

소유 ┤ ㅇㅈ

ㅋㅋㅋㅋㅋㅋ

K는 눈을 감고 소유의 말을 떠올렸다. '그러니까'의 앞에 나오는 말이 꼭 긍정적일 필요는 없다는 말. 그래, 아프니까 살 수도 있고 죽을 것 같으니까 살 수도 있다. 꼭 살 만해야만 사는 건 아니니까.

엄마는 죽었지만, 고통은 살았다. 고통은 질기게 살아남아 전염병이 되었다. 아빠를 죽였고, 아직도 가족들을 괴롭히고 있다. 그러니까 살아야 한다. 죽음으로 고통이 끝나지 않는다는 걸, 그 고통은 더 지독한 전염병이 된다는 걸 알려줘야 한다. 그래서 살자클럽을 열었다. 살자클럽을 통해 사람들에게 계속 말하고 싶다. 죽을 힘이 있다면 그 힘으로 살자고. 죽을 만큼 힘들다는 걸 안다고. 그러니까 꼭 살아내자고.

6

내 이름을 불러줘

점심시간, 각 교실에서 아이들이 우르르 쏟아져 나왔다. 소유와 경식은 둘 다 하품을 하며 나오다가 눈이 마주쳤다. 동시에 웃음이 터졌다.

　"어머, 오경식 씨~ 잠을 못 잤나 봐요?"

　소유가 경식의 얼굴을 이리저리 보며 놀렸다. 경식은 눈을 게슴츠레 뜨고 낮은 목소리로 말했다.

　"네, 제가 어제 죽었다 살아났거든요."

　"어머, 부활을 하신 거예요?"

　"그렇다고 볼 수 있죠."

　"혹시…… 예수는 아니죠?"

　"네, 오! 경식입니돠!"

　소유와 경식은 깔깔대고 웃으며 급식실로 갔다. 둘은

꼭 점심을 같이 먹는다. 사실 서로가 아니면 점심을 같이 먹을 친구가 없다. 오늘은 둘 다 좋아하는 탕수육과 소유가 좋아하는 계란국, 경식이 좋아하는 콩자반이 나왔다. 소유는 자신의 식판에 있는 콩자반을 경식의 식판으로 옮겨주었다. 경식은 국그릇을 들어 소유의 식판 옆에 놔주었다. 경식은 숟가락에 콩자반을 듬뿍 퍼서 우적우적 씹었다.

"안 짜냐?"

"응."

"암튼 너 짜게 먹는 건 걱정이야."

"네가 오늘은 짜게 놀자고 했잖아."

"헐. 콩자반이 오늘만 짜냐? 걱정이야, 정말."

"걱정을 해서 걱정이 없어지면 걱정이 없겠네."

"어디서 그런 것만 주워들어가지고……."

"흐흐, 근데 K는 어느 학교 다녀?"

"아, 학교 안 다녀. 작년에 고졸 검정고시 붙었음. 올해는 열심히 사람 살리고, 내년에 우리 수능 볼 때 같이 보겠대."

"작년에 검정고시를? 대박이네."

"응, 머리가 워낙 좋은 거 같아. 근데 걔네 이모는 걔가 검정고시 붙은 거 몰라."

"응? 이모?"

"이모랑 살거든. 이모는 내년에 검정고시 보려고 독서실 다니는 줄 알아. 이미 붙은 줄 알면 바로 대입 준비하라고 할까 봐 말 안 했대."

경식은 숟가락으로 탕수육 두 개를 동시에 떠서 입에 넣으며 고개를 끄덕였다. 소유는 국그릇을 들고 계란국을 마셨다. 경식이 목구멍을 타고 탕수육이 내려가자, 물었다.

"아빠는?"

"엄마가 죽으니까 아빠가 오해를 많이 받았나 봐. 나쁜 남편이었을 거라고……. 엄마가 꽤 유명한 연극배우였는데 그런 추측성 기사도 나고 막 그랬대. 그걸 못 견디고 아빠도 하늘로 갔대. 정말 아내를 사랑했다고 유서를 남기고……."

"드라마 얘기냐?"

"나는 뭐 드라마 안 같냐? 너는 또 어떻고…… 드라마가 더 드라마 안 같아."

갑자기 소유의 눈시울이 붉어졌다. 경식은 탕수육 한 개를 집어서 소유의 밥 위에 얹었다.

"먹어. 울지 말고 먹어."

소유는 눈물을 삼키고 웃었다.

"응, 나도 이제 울기 싫어. 내가 우는 건데도 지겨움."

"근데 정말 그런 거 같아."

"뭐가?"

"저번에 그 드라마 뭐지? 네가 매력 쩐다고 했던 그 배우가 나왔던……."

"유안나? 도깨비 클래스?"

"응, 거기서 유안나 아빠가 두 번 바뀌었잖아. 그거 보고 우리 반 애들이 얘기하는 걸 들었는데, 어떻게 아빠가 두 번이나 바뀌냐고 막 그러더라. 역시 드라마는 지어낸 이야기라면서…… 자기들 반에 세 번째 아빠랑 사는 내가 있는지도 모르고."

소유의 눈물이 역류했다. 자신도 모르는 사이에 다시 나와버렸다. 경식이 놀랐다.

"야, 너는 뭐 모르는 얘기도 아닌데 울어. 나도 아무렇지도 않게 얘기하는데."

"바보야, 아무렇지도 않을 수 없는 얘기를 아무렇지도 않게 하니까 그렇지."

"알겠어. 내가 잘못했어. 그만 울어."

소유는 교복 재킷 주머니에서 냅킨을 꺼내 눈물을 꾹꾹 눌렀다.

"알았어. 안 울어. 나도 울기 싫어."

"너 이따가 놀이터 가서도 우는 거 아니지? 촬영 잘해야 한다."

"걱정 말고 노래나 잘해."

"그거야 뭐, 걱정 마. 사실 내가 남자 아이유잖아."

"넌 그냥 남자 아이야."

소유는 자기가 말하고 자기가 먼저 웃었다. 경식은 절대 웃지 않을 거라는 표정으로 남은 콩자반을 입에 다 털어놓고 우적우적 씹었다. 소유는 그 모습이 웃겨서 또 웃었다.

학교가 끝나고 소유와 경식은 정문에서 만나 놀이터로 갔다. 정문에서 우회전해서 세종문구를 지나 싱글벙글 어린이집 앞에서 좌회전하면 놀이터가 나온다. 이 놀이터는 거의 소유와 경식의 아지트다. 낡은 그네와 미끄럼틀밖에 없어서 사람들이 잘 오지 않는다. 이번에 당선된 구청장의 선거 공약 중에 이 놀이터를 보수해주는 것도 있었다는데, 공약이 원래 그렇듯 지켜지지 않았다.

이제 공약이 지켜지면 오히려 놀라울 거라고 세종문구 아저씨가 말했다.

경식은 그네에도 앉아보고, 미끄럼틀 계단 위에도 서 보더니 결국 미끄럼틀 아래를 선택했다. 미끄럼틀과 계단 사이, 크게 세모진 공간에 경식이 들어가서 말했다.

"여기서 할래."

소유는 휴대폰을 꺼내 촬영 각도를 잡았다.

"콜!"

경식은 침을 꿀꺽 삼키고 심호흡을 했다.

"콜!"

"내가 하나 둘 셋 할게."

경식은 비장한 표정으로 고개를 끄덕였다. 소유는 한 번 빙긋 웃고는 오른손으로 휴대폰을 들고, 왼손가락을 접으며 외쳤다.

"하나아, 두울, 세엣!"

소유는 동영상 녹화 버튼을 눌렀다. 경식은 너무 떨리고 긴장됐다. 다시 한 번 심호흡하고 눈을 감고 노래를 시작했다.

"생일 축하합니다~ 생일 축하합니다~ 아…… 빠…… 아, 안 되겠어."

경식이 노래를 멈췄다. 소유는 녹화를 멈추고 짜증을 냈다.

"왜에에!"

"아빠 소리가 잘 안 나와."

"방금 잘했어. 그렇게 하면 돼."

"어려워. 불러본 적이 없잖아."

"흠…… 알겠어. 잠깐 나와 봐."

소유는 그네에 앉으면서 경식에게 옆 그네에 앉으라고 했다. 경식이 앉았다. 소유는 진지한 표정으로 말했다.

"첫 번째 아빠는 어떤 사람이었댔지?"

"때리는 사람. 나 가끔 신기한 꿈을 꿔. 꿈속에서 내가 엄마 배 속의 태아인데 군화가 쑥 들어와서 나를 때리는 꿈. 난 아직도 얼마나 아팠는지 기억이 나."

소유는 가슴이 저릿했지만 아무렇지도 않은 척 단호하게 말했다.

"그 사람 아빠 아니야."

경식은 무슨 말인지 몰라 소유의 얼굴을 보았다. 소유는 경식의 눈을 보며 말했다.

"우리 아빠 지금은 술주정뱅이여도 시유 살아 있을 땐 좋은 아빠였댔지?"

경식이 고개를 끄덕였다.

"정말 그랬어. 우리랑 많이 놀아주고 우리가 아프면 속상해하고 떡볶이도 같이 먹으러 가고 우리가 웃으면 같이 웃었어. 그게 아빠야. 그러니까 그 사람은 아빠 아니야."

경식은 고개를 끄덕였다. 소유는 또 물었다.

"두 번째 아빠는?"

"몸을 때리는 횟수보다 말로 때리는 횟수가 더 많았어. 말이 칼이 되는 거 알아? 너, 엄마가 널 시유라고 부를 때마다 과도로 사과를 깎듯 네 마음이 깎이는 거 같다고 그랬지?"

소유가 고개를 끄덕였다. 조금 전까지는 소유가 변호사이고 경식이 피고인인 것 같았는데, 금세 소유가 피고인이 되고 경식이 변호사가 되었다.

"그것도 너무 아팠을 거야. 근데 난 좀 달라. 내가 더 아팠다는 게 아니라 다르다고. 난 큰 칼로 가슴을 푹 찌르는 느낌이었어. 말끝마다 욕이었고 나한테 쓸모없는 놈이라고 매일 말했어."

소유는 아까보다 조금 더 깊숙한 곳이 저렸다. 하지만 티 내지 않고 다시 변호사가 되었다.

"그 사람도 아빠 아니야. 아빠는 자식을 소중히 여기는 사람이야. 너에게 고운 말을 하는 사람이지, 욕을 퍼붓고 함부로 대하는 사람이 아니야."

경식은 고개를 끄덕였다. 소유는 더 당당하게 경식을 변호했다.

"그러니까 너의 지금 아빠는 세 번째 아빠가 아니야. 첫 번째 아빠야. 넌 이제야 처음 아빠가 생긴 거야."

"…… 맞아!"

경식은 주먹을 불끈 쥐며 말했다. 소유는 힘 있게 마지막 변론을 했다.

"그럼 부르기 힘들어도 부를 수 있는 거잖아. K가 그랬어. 널 살린 건 우리가 아니라 너희 아빠라고. 인터뷰하는 내내 네 얘기만 하면 눈에서 꿀이 뚝뚝 떨어지셨대. 그런 분에게 아빠라고 불러드려야지. 너도 그렇게 생각하잖아. 그런데 직접 하진 못하겠으니까 영상을 찍자고 한 거잖아. 얼른 찍고 가서 생일 축하해드리고 싶지 않아?"

경식이 벌떡 일어났다. 다시 미끄럼틀 아래로 가서 섰다. 소유도 다시 촬영 위치로 갔다. 소유는 녹화 준비를 하고 말했다.

"이제 내가 고개를 끄덕이면 시작해."

"응!"

소유는 휴대폰 화면을 보며 고개를 천천히 한 번 끄덕였다. 경식은 눈을 감고 잠잠히 노래를 시작했다.

"생일 축하합니다~ 생일 축하합니다~ 사랑하는 아…… 빠의 생일 축하합니다~"

박자는 조금 느렸지만 진심은 적당한 속도로 담겼다. 경식은 노래를 마치고 눈을 떴다.

"아빠! 고마워요."

경식은 사랑한다고 생각하고 고맙다고 말했다. 소유는 녹화 정지 버튼을 누르고 박수를 쳤다.

"잘했어. 남자 아이유! 인정해줄게."

경식은 씩 웃었다.

경식과 소유는 놀이터에서 나와 걸었다. 경식이 물었다.

"근데 K는 이름이 뭐야?"

"케이."

"아니 진짜 이름!"

"아, 몰라."

"궁금하지도 않아?"

"궁금한데 K가 말하기 싫은 거라면 굳이 물어볼 필요는 없는 거 같아."

"너한테는 말하고 싶을 수도 있잖아."

"아⋯⋯ 개똑똑해. 그 생각은 못 했어."

경식은 고개를 저으며 혀를 쯧쯧 찼다.

소유는 한 번도 그렇게 생각해보지 않았다. K의 이름이 궁금한 적은 있었지만, 물어보면 실례일 거라고만 생각했다. 왠지 싫어할 것만 같았다. 그런데 경식의 말대로 K가 이름을 말하고 싶어 한다면, 기분이 날아갈 것 같았다.

경식이 집에 도착하니 아빠는 회덮밥을 만들고 있었다. 그는 10년 넘게 횟집에서 일했다. 서빙을 하다가 주방장의 조수가 되었고 어깨너머로 요리를 배웠다. 주방장이 바쁠 때마다 요리를 하게 되었는데, 나중에는 아빠가 한 요리를 손님들이 더 좋아해서 주방장에게 쫓겨났다. 아빠는 시기와 질투가 한 사람을 통째로 삼키기도 한다고 말했다. 아빠는 슬퍼했다. 하지만 좌절하지 않았다. 조수가 아닌 주방장으로 취직해보고 싶다고 했다. 그러나 아무도 그를 받아주지 않았다. 그렇다면 자신이 식당을 차리는 방법밖에 없다는 생각이 들었다. 회덮밥만 판매하는 작은 식당을 해보고 싶다고 했다. 엄마는 무조건 찬성했다. 아빠는 신이 나서 일주일에 세 번, 회덮밥 만드는 연습을 했다.

"생일날인데 음식을 자기가 해요?"

회덮밥 만드는 새아빠를 보며 경식이 무심하게 물었다.

"생일날 아내와 아들에게 음식을 해줄 수 있는 게 얼마나 행복한 일인데! 손 씻고 와."

경식은 욕실에서 손을 씻고 방으로 들어갔다. 책상 서랍에 넣어둔 초코파이와 라이터, 생일 초 한 개를 꺼냈다. 초코파이에 초를 꽂고 불을 붙였다. 불이 꺼질까 봐 까치발을 들고 조심조심 거실로 나갔다. "아빠" 하고 부르고 싶었지만 눈앞에서 하려니 더 어려웠다.

"저기요……."

아빠가 뒤돌아보았다. 초코파이 케이크를 보고 눈이 휘둥그레졌다.

"설마…… 날 위해 준비한 거야?"

"그럼 회덮밥을 위해 준비했겠어요?"

경식은 마음과 다르게 퉁명스럽게 말했다. 아빠가 눈을 깜박였다. 도저히 믿을 수 없는 일이었다. 경식을 만나 세 번의 생일을 지냈지만 한 번도 경식의 축하를 받아본 적이 없었다. 사실 받을 생각을 해보지도 않았다. 자신이 경식이라도 당연히 축하해줄 마음이 들 것 같지 않았다.

"잠깐 앉아보세요."

경식은 상 위에 초코파이 케이크를 놓고 휴대폰을 건넸다. 아빠는 얼떨결에 휴대폰을 받았다.

"이거 왜? 휴대폰 바꿔달라고?"

"아유, 참…… 그거 틀어보라고요."

아빠는 어리둥절한 표정으로 휴대폰을 보았다. 경식이 답답해하며 재생 버튼을 눌러주었다. 곧 경식의 목소리가 재생되었다. 놀이터에서 찍은 영상이었다.

"생일 축하합니다~ 생일 축하합니다~ 사랑하는 아…… 빠의 생일 축하합니다~아빠! 고마워요."

경식의 얼굴이 달아올랐다. 경식은 고개를 숙이고 볼을 만졌다. 새아빠의 눈에 눈물이 맺혔다가 이내 떨어졌다. 묵은 감정이 복받쳐 올라왔다. 새아빠는 콧물을 훌쩍이며 엉엉 울었다. 그 모습을 보니 경식도 눈물이 날 것 같았지만 참았다.

"어린 애예요? 왜 울어요?"

"꿈을 이뤄서!"

"그 좋은 아빠가 된다는 꿈이요? 무슨 꿈이 그렇게 시시해요?"

"좋은 아빠가 되는 게 꿈인데 내가 아빠를 한 번도 본 적이 없으니까 도무지 어떻게 해야 하는지 모르겠더라. 회덮밥도 백 번을 보고 나서야 해보게 되던데, 아빠는 본 적도 없는데 갑자기 된 거잖아. 너무 어렵더라고. 이러다 좋은 아빠는 영영 해보지도 못하면 어쩌나 두려웠어. 꼭 좋은 아빠가 될게. 네가 받아만 준다면……"

경식은 옥상에서 들었던 아빠의 음성이 떠올랐다.

'…… 난 꼭 너의 좋은 아빠가 되고 싶어. 너의 좋은 아빠가 되어 그 꿈을 이루고 싶어. 사……랑…… 한다.'

경식은 그때 답해주고 싶었던 말을 지금 꺼냈다.

"이미 좋은 아빠예요. 모르죠? 아빠가 날 살려준 거? 아빠 아니면 난 죽었을 거예요."

"그게 무슨 말이야?"

아빠는 눈물을 흘리며 물었다. 경식은 눈물을 참으려고 아빠를 보지 않고 싱크대를 보며 말했다.

"난 아빠라는 사람은 때리는 사람인 줄 알았어요. 초등학교 3학년 때인가 발표를 했는데요. 우리 아빠가 어떤 사람인지 말하는 거였어요. 저는 때리는 사람이라고 했는데 친구들이 다 웃더라고요. 짝꿍이 그랬어요. 아빠는 때리는 사람 아니고 사랑해주는 사람이라고. 혼란스러웠어요. 아무리 생각해도 믿기지 않아서 짝꿍이 거짓말하는 거라고 생각해버렸어요. 그런데 나도 이제 알잖아요. 아빠는 때리는 사람 아니고 사랑해주는 사람이란거…… 고마워요. 아빠는 이미 좋은 아빠예요."

"그런데 너 지금 나한테 아빠라고 한 거지? 맞지?"

"그럼 싱크대한테 아빠라고 했겠어요?"

아빠가 경식을 안으며 "내가 진짜 진짜 잘할게"라고 말했다. 경식은 아빠의 품이 너무 따뜻해서 울어버렸다. 어린아이처럼 엉엉 울며 "진짜 진짜 미안해요"라고 말했다. 아빠의 품이라는 걸 처음 느껴본 경식은 오래 안겨 있고 싶었다. 아빠의 품을 파고들었다. 미치게 따뜻했는데 따뜻해서 미치지 않을 수 있었다. 삶이 그런 건가, 하는 생각이 들었다. 죽고 싶어서 힘든데, 힘들어서 죽지 못하는 건가? 꽤 웃긴데 웃음이 나오지는 않았다. 울면서 생각했다. 이따가 소유에게 말해줘야겠다고.

철컥, 현관 열리는 소리가 들렸다. 엄마가 들어왔다. 여전히 아빠와 경식은 꼭 안고 울고 있었다. 엄마는 둘의 모습을 보고 깜짝 놀라서 뛰어 들어왔다. 엄마가 둘

옆에 앉으며 물었다.

"무슨 일이야? 무슨 일인데? 왜? 둘이 왜? 무슨 일 있었어?"

"경식이가 나보고 아빠라고 해줬어."

아빠는 엄마의 손을 꼭 잡고 말했다.

"내가 아빠는 무조건 싫다고 했던 거 미안해, 엄마. 그땐 아빠가 사랑해주는 사람인 거 몰랐어."

경식이 아빠 품에서 나오며 말했다. 엄마는 마음속에 꾹꾹 눌러두었던 수증기가 한꺼번에 터져버린 것 같았다. 뜨겁고 뿌연 수증기가 온 마음을 감쌌다. 엄마는 끙끙 소리를 내며 울기 시작했다. 경식과 아빠는 엄마를 안았다. 셋이서 서로를 안고 또 한참을 울었다.

소유는 K가 있는 스타벅스로 갔다. K는 언제나 있던 그 자리에서 아이스 아메리카노를 마시고 있었다. 소유가 K 앞에 털썩 앉았다. K는 깜짝 놀랐다.

"아우, 인기척 좀 하고 와."

"나 쿵쾅쿵쾅 걸어왔어. 네가 멍때리고 있었던 거지."

"흐흐, 멍때릴 수 있어 좋다."

"오늘은 살자클럽 안 바빠?"

"응, 어제와 오늘은 이메일 온 거 없음. 기분 좋아."

"그래, 다 살고 싶은 오늘이면 좋겠다."

K는 커피를 한 모금 마셨다. 소유는 K의 표정을 살피며 물었다.

"너 오늘 기분 좋다고 했지?"

K는 무심하게 고개를 끄덕였다. 소유가 훅 질문을 던졌다.

"너, 이름이 뭐야?"

K는 소유의 도발에 웃음이 터졌다.

"네가 양희은 가수님이냐? 그분이 어떤 개그우먼에게 그렇게 물었다며?"

"나 진지하다고."

소유는 입을 앙다물었다. K는 그 모습이 귀여워 피식 웃으며 말했다.

"이은재."

소유는 너무 놀랐다.

"뭐야, 이렇게 쉽게 말해주는 거였어?"

"어려울 건 또 뭐야. 넌데."

소유는 울음을 터트렸다. 넌데. 그 두 글자가 왜 이렇게 미치게 위로가 되는 걸까?

"안 말해줄 줄 알았단 말이야. 어려운 건 줄 알았단 말이야. 넌 이름도 왜 이렇게 예쁜 건데!"

K는 소유에게 냅킨을 건넸다.

"울어. 맘껏 울고 닦아."

K는 사실 소유가 우는 게 좋다. 아니, 부럽다. 감정을 그렇게 바로 표현할 수 있다는 건 정말 축복이라고 생각한다. 그건 소유가 가진 축복이다. 그리고 소유는 K에게 주어진 축복이다. K는 그렇게 생각한다.

소유는 집으로 들어가는 골목에서 경식의 전화를 받았다. 경식은 가족이 다 울고, 회덮밥을 맛있게 먹고, 초코파이 케이크에 다시 불을 붙여 아빠의 생일을 축하해 줬다는 이야기를 전했다. 한참을 신나게 얘기하던 경식이 물었다.

"너, 울어?"

"아니, 웃어."

소유도 자신이 울 줄 알았는데 눈물은커녕 웃음이 났다. 그런데 이런 웃음이 얼마 만인지 낯설었다. 경식의 행복이 고스란히 전해져 온 마음을 데웠다. 봄날의 햇볕처럼 따사로운 웃음이 나왔다.

"휴~ 다행이다. 난 너 울까 봐 일부러 더 신나게 얘기했는데."

"흐흐, 고마워. 잘됐다. 정말 잘됐어. 그리고 너 아빠라는 말이 벌써 자연스럽다?"

"어, 내가 그랬어?"

"응, 네가 그랬어. 잘됐다. 정말 잘됐어."

"고마워."

소유는 경식과 통화를 끝내고도 계속 웃음이 나왔다. 하지만 현관을 들어서며 웃음이 싹 가셨다. 경식의 새아빠는 그렇게 바라던 아빠의 이름을 찾고, '이은재'라는 K의 예쁜 이름도 알게 되었는데, 자신은 여전히 이름이 없다는 생각이 들었다. 엄마도 아빠도 여전히 시유만 찾고, 하늘의 시유는 언니를 불러주지 않고, 집 안의 사진들도 온통 시유다. 시유가 그립고 좋지만 그렇다고 자신이 시유가 될 수는 없는 거니까, 슬펐다. 시유만 돌아온다면 자신이 사라져도 된다는 생각이 들어 더 슬펐다.

소유는 힘없이 현관문을 열었다.

"다녀왔습니다."

소유는 언제나처럼 허공을 보고 인사했다. 방에 있는

지 화장실에 있는지 모를, 술에 취하면 시유만 부르고, 술에 안 취하면 별말을 하지 않는 아빠에게……. 소유는 꾸벅 인사를 하고 방문을 열었다.

"소유 왔니?"

소유는 잘못 들었다고 생각했다. 집에서 너무 오랜만에 들어보는 자신의 이름이 어색하기만 했다.

"잘 갔다 왔냐고."

분명 아빠의 목소리였다. 소유는 멈칫하다 뒤를 돌아보았다. 앞치마를 한 아빠가 싱긋 웃으며 서 있었다. 오른손에 뒤집개를 들고…….

"어떻게 된 거야?"

소유는 귀신을 본 것 같았다. 아니, 꿈을 꾸는 것 같았다. 아니, 꿈속에서 귀신을 본 것 같았다.

"소유 왔구나. 많이 놀랐지?"

화장실에서 누군가 나오며 소유에게 물었다. 소유는 고개를 돌렸다. 삼촌이었다. 아빠의 하나뿐인 동생. 영국에서 공부하고 일을 시작해서 몇 년에 한 번 볼까 말까 한 삼촌. 소유가 초등학교 3학년, 시유가 1학년 때, 둘을 데리고 영국에 가서 한 달 동안 함께 여행을 해준 삼촌. 영국에 있어야 할 삼촌이 화장실에서 젖은 머리를 털며 나오고 있었다.

"삼촌……?"

"그래, 삼촌이야. 아무래도 안 되겠어서 사표 냈어. 너희 아빠 치료받고 사람 구실 좀 하게 하고, 다시 가든 서울에 자리를 잡든 하게. 오늘부터 알코올의존증 치료받게 했어. 한 번에 좋아지진 않겠지만 기대해봐. 삼촌이 예전 아빠 다시 찾아줄게."

소유는 그 자리에 주저앉았다. 뭐 이렇게 미치게 좋은 꿈이 있지? 말도 안 되는데 말도 안 되게 좋았다. 소유는 너무 좋아서 목 놓아 엉엉 울었다. 아빠는 너무 미안해서 아무 말도 하지 못하고 멀뚱멀뚱 서 있었다. 삼촌이 다가와 소유의 등을 토닥여주었다.

"이 어린 녀석이 얼마나 힘들었으면……. 삼촌이 미안해. 더 빨리 왔어야 했는데……. 우리 소유, 이제 삼촌이 지켜줄게. 걱정 마. 네가 몰라서 그렇지, 삼촌 짱짱 근육맨임!"

소유는 삼촌 무릎에 얼굴을 묻고 더 큰 소리로 울었다. 왠지 이제는 맘껏 울어도 될 것 같았다. 아빠는 멀뚱멀뚱 서서 미동도 없이 눈물을 뚝뚝 떨어뜨렸다. 소유가 울면서 말했다.

"삼촌, 나 소유야! 나, 시유 아니고 소유야. 알지? 나 소유야. 나 이제 소유만 하고 싶어. 삼촌."

소유를 달래주던 삼촌도 울었다.

"알지. 우리 윤소유. 우리 집안 보물 소유. 우리 소유. 세상 사람들 다 몰라도 삼촌은 알아. 이제 우리 소유, 소유만 하게 해줄게."

소유는 고개를 끄덕였다. 그리고 또 엉엉 소리를 내며 울었다. 소유는 3년 만에 집에서 자기 이름을 들었다. 꿈 같은 현실이었다. 소유는 영원히 깨고 싶지 않은 현실을 꾸고 있었다. 소유는 점점 더 큰 소리로 울었다. 아빠와 삼촌의 눈물도 멈출 생각을 하지 못했다. 하지만 눈물의 이유는 슬픔이 아니었다. 세 사람이 느끼고 있는 건 희망이었다.

온 집안이 울음바다가 되어서야 절대 오지 않을 것 같았던 희망이 찾아왔다. 소유는 참 오랜만에 집 안에서 기쁨을 맛보았다.

여기에도 지옥만
있는 건 아니야

K는 여느 때처럼 이모에게 독서실에 다녀오겠다고 인사하고 집을 나섰다. 바로 스타벅스로 가서 지정석에 앉아 노트북을 열었다. 새로 온 이메일은 없었다. 좋은 일이었다. 죽고 싶은 사람이 없다는 이야기니까. 하지만 조금 더 생각해보면 나쁜 일이었다. 여전히 한국에서는 하루에 30명이 죽는데, 그 30명 중 한 명을 만나 살리고 싶은 건데, 그걸 하지 못했다는 이야기니까. K는 생각했다. 어디선가 사람들이 죽어가고 있다면 꼭 만나서 살리고 싶다고. 제발 이메일을 보내길, 그래서 만날 수 있기를 간절히 기도했다. 믿지도 않는 신에게, 하지만 어딘가에는 있다고 믿고 싶은 신에게.

'ㅈㅅ 하고 싶다고요? 그럼 ㅈㅅㅋㄹ으로 오세요. ㅈㅅ하고 싶은 이유를 이메일로 보내면 도와드립니다. 페메나 DM도 환영. 이메일: twzf@nave.com'

마음에 드는 풍경 사진 하나를 골랐다. 그 사진에 글을 넣어 ㅈㅅㅋㄹ 인스타그램에도 올렸다. ㅈㅅㅋㄹ 인스타그램은 팔로워가 2만 명이 넘는다. 감성적인 글귀, 방송 짤 등을 올리다가 가끔 ㅈㅅㅋㄹ을 알리는 글을 올린다. 새벽이 되면 어김없이 DM이 도착한다.

'정말 죽고 싶어요. 왜 나는 이런 집에 태어났을까요?'

'정말 죽음을 도와주나요? 고통을 끝내고 싶어요.'

이런 식의 DM은 빨리 답장을 보내주면 된다. 이야기를 들어주고 공감해주면 살라고 하지도 않았는데 '그럼 살아볼게요'라는 답이 돌아온다. 그냥 누군가가 들어주면 좋겠다는 마음으로 메시지를 보내는 사람이 참 많다. K는 그런 메시지를 좋아한다. 집중하고 몇 분만 이야기를 들어주면 되니까.

하지만 그중에서도 절대 죽음을 포기하지 않는 사람들을 간혹 만난다. 소유는 자신이 유일한 ㅈㅅㅋㄹ의 고객인 줄 알지만 사실 그 이후에도 몇 명이 있었다. 옥상에서 만나고 같이 울고 다시 내려오기를 반복했다. 그럴 때마다 심장이 난동을 부렸다. 살렸는데도 죽는 꿈을 꿨다. K가 말리고 있는데 의뢰인이 옥상 아래로 떨어지는 꿈. K는 그런 일이 생길까 봐 항상 두려웠고, 그 두려움은 꿈에서 형체를 드러냈다.

"또 여기 있을 줄 알았지."

소유가 K의 앞에 털썩 앉았다. 옆에 경식이 서 있었다.

"너 일하고 있으면 누가 업어 가도 모르겠다."

경식이 피식 웃으며 말했다.

"사명감이 불타올라서 그래. 우리나라 경찰이 K만큼만 사람 살리는 데 목숨 건다면 정말 많은 사람이 살 거야."

소유가 말했다. K는 DM을 확인하며 무심히 말했다.

"가족이 죽는 걸 목격하는 사람을 또 만들고 싶지 않을 뿐이야."

소유와 경식은 순간 얼음이 되었다. 슬픈 말은 슬프지 않게 말할 때가 제일 슬픈 것 같다고 소유는 생각했다. 잠시 침묵이 흘렀고, 침묵을 가장 참지 못하는 경식이 먼저 얼음을 깨고 나왔다.

"아, 근데 너 그렇게 글 올리면 아이피 추적 안 당함?"

"처음에 만들 때 해커를 찾아가서 내 노트북에 아이피 추적 차단 프로그램을 설치했어. 그래서 아직까지는 괜찮은데 조심해야지. 프로그램이라는 게 소스만 밝혀지면 소용없는 거니까."

"오, 간지 쩌네. 근데 말이야, 이제 나도 살자클럽 운영진인 거지?"

K는 황당하다는 말을 최대한 얼굴로 표현하며 경식을 보았다.

"뭘 그렇게 놀라? 당연한 거지."

경식이 말했다.

"그래, 맞아."

소유가 맞장구를 쳤다.

"너까지 왜 그래?"

K가 물었다. 소유는 팔짱을 끼며 말했다.

"나는 이미 운영진이니까."

"어째서?"

K도 팔짱을 끼며 물었다.

"너 경식이 살리는 데 누가 도와줬어?"

"네가!"

"그래, 그럼 이미 운영진이지."

"그렇네!"

경식이 맞장구를 쳤다. K는 피식 웃으며 물었다.

"너희, 친구 사기단이지?"

"흐흐, 너까지 포함해서 그렇지. 자살을 돕는다고 해 놓고는 살자고 하니까."

"그건 그래."

이번에는 경식의 말에 소유가 맞장구를 쳤다. 둘은 하이파이브를 쳤다. K는 기가 막혔다.

"우리랑 같이해. 너 혼자는 힘들어. 행복은 나누면 배가 되고 고통은 나누면 배에 실어 보낼 수 있는 거야! 이거 맞나?"

소유가 말했다. 경식과 K는 웃음이 터졌다. 소유도 같이 웃었다. 그때 K의 휴대폰에 이메일이 도착했다는 알림이 떴다. K는 재빨리 이메일함을 열었다. 경식과 소유는 괜히 긴장이 됐다. K의 표정이 점점 굳었다. 소유는 걱정이 가득한 표정으로 물었다.

"무…… 무슨 일이야? 상황이 심각해? 바로 죽고 싶대?"

K는 아무 대답이 없었다. 이번에는 경식이 침을 한 번

꼴딱 삼키고 물었다.

"왜 그러는데? 얼른 준비해야 돼?"

K도 침을 한 번 삼키고 입을 열었다.

"그…… 그게……."

경식과 소유는 엉거주춤 일어나 K에게 집중했다. K는 조심스럽게 말을 이었다.

"씨자이…… 홈쇼핑에서…… 세일을 한대! 반액 세일 이래!"

K는 심각한 표정으로 말하고는 씩 웃었다. 경식은 짜증을 내며 앉았다.

"아, 진짜. 놀랐잖아!"

소유는 한 박자 느리게 눈치채고 소리를 질렀다.

"아, 너!!!"

K가 배꼽을 잡고 웃었다. 소유는 K가 어린아이 같아서 웃었다. 평소에는 자기보다 훨씬 어른 같은 K지만 가끔은 이렇게 어린아이 같다. 김희서 작가의 책에 적혀 있는 한 구절이 떠올랐다.

어른도 자신의 마음을 알아주는 사람에게는 맘속 어린아이를 자꾸 꺼낸다.

'내가 K의 마음을 알아주는 사람일까?'

소유는 생각했다. 입가에 미소가 번졌다.

"너희는 숙제든 공부든 하고 있어. 나도 DM이랑 이메일 오는 거 좀 확인해보다가 책 읽을게."

K가 말했다. 경식과 소유는 선생님 말 잘 듣는 학생처럼 바로 가방을 열었다. 소유는 국어 문제집을, 경식은 수학 문제집을 꺼냈다. K가 장난을 쳤다.

"오~ 이 학생들, 선생님 말을 참 잘 듣는구나. 상점 2점씩 주마!"

"오오~!"

경식과 소유는 환호성을 지르며 하이파이브를 쳤다.

셋은 각자 공부를 시작했다. 경식은 유튜브와 교과서를 번갈아서 보고, 소유는 30분 정도 공부하다가 문제집을 베개 삼아 잠이 들었다. K는 '사람들은 왜 죽으려고 할까'라는 제목의 책을 읽었다. K는 책을 읽다가 밑줄을 그으려고 샤프를 꺼냈다.

사람들은 삶을 끝내려고 자살을 택하는 게 아니라 고통을 끝내려고 자살을 택하는 것이다. 그러니까 천국에 얼른 가고 싶은 것이 아니라 여기보다 더한 지옥은 없다고 생각하는 것이다.

K는 이 부분에 밑줄을 그었다. 그리고 다시 읽기 시작하는데, 페메가 도착했다. K는 책 사이에 샤프를 꽂아두고 메시지를 확인했다.

죽는 걸 도와준다고? 니가 저승사자야? 니가 신이야? 죽는 걸 도와줄 수 없다는 걸 알려줄게. 난 오늘 밤 9시 역수동 423 라미아파트 옥상에서 떨어질 테니까. 앞으로 2시간 남았네. 경찰엔 신고해도 안 믿을 거야. 내가 이미 세 번이나 라미아파트에서 죽을 거라고 허위신고를 했거든. 네가 다시 해도 또 허위신고라고 생각할 거야.

K는 벌떡 일어났다. 경식은 K를 보고 깜짝 놀라서 일어났다. 소유는 경식이 일어나는 소리에 잠에서 깼다.

경식은 재빨리 앱으로 택시를 호출했고 택시는 2분 후에 도착했다. K는 앞자리에, 소유와 경식은 뒷자리에 탔다. K의 장난이 아닐까, 라고 생각한 소유와 경식은 K를 유심히 살폈다. 소유는 백미러에 비치는 K의 표정을 힐끔거리며 경식에게 속삭였다.

"진짜 같아."

경식도 확신에 찬 표정으로 고개를 끄덕였다. 소유가 조수석 뒤로 찰싹 붙어서 조심스레 입을 열었다.

"그래도 어디 가는지는 알려주면 안 될까?"

K는 운전기사를 의식해서 뒤돌아 말하려다 말고 단톡방을 만들어 메시지를 보냈다.

> 미안, 내가 당황해서 말을 못 했네.
> 페메가 왔어.
> 바로 죽을 거라고. 그리고 주소를 남겼어. 거기로 가는 거야.

(경식) 아.

(소유) 아. 심장 쫄깃하다.

K의 심장도 정상은 아니었다. 평소보다 훨씬 빠르게 뛰고 있었다. 도착하기 전에 떨어지면 어떡하지? 이미 떨어졌으면 어쩌지? 거짓말이었으면 좋겠다. 문득문득 떠오르는 생각이 마구 엉켰다. 경식은 단톡방의 이름을 'ㅅㅈㅋㄹ운영진'이라고 설정했다. 소유도 경식을 따라 했다. 그리고 둘은 각오를 다지듯 고개를 끄덕이며 서로 주먹을 부딪쳤다.

택시가 멈췄다. K가 밖을 내다보며 물었다.

"제가 찍은 주소가 여긴가요?"

"네, 이 건물이에요."

"감사합니다."

K가 돈을 지불하고 내렸다. 경식과 소유도 따라 내렸다. 라미아파트. 몇 동인지 안 적혀 있어서 동을 다 뒤져야 하는 줄 알았는데 한 동밖에 없는 아파트였다. 이름만 아파트이지, 사실은 오래된 15층짜리 오피스텔 건물이었다. 1층에는 미용실과 부동산이 있었다. K는 옥상을 올려다보았다.

"엄청 오래된 아파트 같은데 비밀번호가 걸려 있네. 입주자만 출입 가능한가 봐."

경식이 정문 앞으로 가서 휘휘 둘러보더니 말했다. K가 소유에게 말했다.

"소유야, 연기가 필요해. 미용실에 가서 화장실이 급하다고 하고 비밀번호 좀 알아 와."

"콜!"

소유는 비장한 표정으로 미용실에 들어간 지 3분 만에 나왔다. 당당하게 정문으로 가서 비밀번호를 눌렀다. 문이 열렸다.

"아싸!"

소유는 경식을 보며 오른 손바닥을 폈다. 경식은 얼른 하이파이브를 해주었다. 그 사이 K가 들어갔다. 경식과 소유도 잽싸게 따라 들어갔다. 엘리베이터를 타고 15층에 내렸다. 올려다보니 옥상 문이 빠끔히 열려 있었다. K는 시계를 보았다. 8시 40분이었다.

"20분 남았어."

K는 혼잣말처럼 작게 말하고 계단을 하나씩 천천히 올라갔다. 경식과 소유도 K와 속도를 맞춰 올라갔다. 셋은 옥상 여기저기를 둘러보았다. 아무도 보이지 않았다. 거짓말이었나 싶어 K가 안심하려고 할 즈음 뒤에서 소리가 들렸다.

"니가 자살클럽 운영자냐?"

K가 얼른 뒤돌아보았다. 경식과 소유의 시선도 K를 따라갔다. 물탱크 옆, 검정색 롱패딩을 입은 왜소한 남성이 서 있었다.

"DM 보낸 사람이 너야?"

"그래, 용케도 시간 안에 찾아왔네. 내가 죽고 나서 찾아왔으면 했는데."

"왜?"

"그럼 마음이 아프려나 싶어서."

"마음을 아프게 하고 싶었어?"

"응."

"왜?"

"너무 많은 사람이 내 마음을 아프게 했거든. 그래서 나도 많은 사람을 아프게 하고 싶었어. 그런데 그게 되게 어렵더라. 그래서 한 명이라도 더 아프게 하고 가려고 한 거야. 아무리 자살을 돕고 자살하는 사람을 많이 목격한 사람이라고 해도 최소한 하루는 아파할 거 같아서."

"고작 하루?"

"하루면 길지. 부모가 죽어도 하루 슬퍼하고 일을 해야 했어. 쌀이 없더라."

"그래서 너도 죽게?"

"응. 지나가는데 말이야. 교회 다니는 사람들이 무슨 종이를 나눠주더라. 사탕이 달려 있길래 받았는데 거기 써 있더라. 예수 믿고 천국 가라고. 그래서 내가 물었지. 예수 안 믿으면 어딜 가냐고? 지옥 간다고 하더라. 거긴 엄청 뜨겁고 고통스럽다나? 그래서 가기로 했어."

"그게 무슨 말이야?"

"매일이 지옥인데, 뜨겁고 따갑고 아프고 슬프고 고통스러운데, 그 지옥은 뜨겁고 고통스럽기만 한 거면 거기가 낫지 않냐? 천국처럼 사는 사람들이야 지옥이 두렵겠지만, 매일이 지옥보다 더 지옥인 사람은 차라리 지옥에 가고 싶거든."

K는 대구하지 못했다. 무슨 말을 해야 할지, 어떻게 살려야 할지, 머리가 복잡했다. 잠시 침묵이 흘렀다. 롱패딩은 비아냥거리는 목소리로 말했다.

"10분 남았다. 너도 나 같은 사람한텐 할 말이 없지?"

"아니, 할 말 있어! 죽지 마!"

소유가 소리쳤다.

"넌 또 누구냐? 혼자 온 게 아님?"

"응, 우린 셋이야. 살자클럽 운영진이야."

롱패딩이 비웃었다.

"운영진? 살자클럽?"

"응, 자살클럽이라고 썼지만 사실 살자클럽이야. 살리고 싶어서 온 거야. 죽지 마. 너 죽기 싫잖아."

소유의 말에 롱패딩이 멈칫했다. 정말 롱패딩의 생각을 읽은 건가, 하고 K는 생각했다. 하지만 롱패딩은 금세 비장한 표정으로 돌아와, 소유를 노려보며 말했다.

"네가 뭘 알아?"

소유는 침착하게 이어서 말했다.

"내 동생이 죽었어. 너처럼 몇 시에 어디서 죽는다고 써놓고 갔어. 정신없이 뛰었어. 경찰에 연락할 생각도, 엄마 아빠한테 연락할 생각도 못 했어. 아무 생각이 안 나더라. 그냥 정신없이 뛰었어. 집에서 5분 거리에 있는 아파트였어. 얼른 가서 내려와, 라고 말하면 살 줄 알았어. 근데 늦었어. 내 눈앞에서 동생이 떨어졌어. 위에서 떨어지는 사람을 아래에서 본 적 있어? 솜 인형 같아. 그냥 툭! 너무 가볍게 떨어져. 119에 신고하고 아빠에게 전화를 하고…… 다 했는데 늦었어. 아빠는 한참을 그랬어. 왜 아빠한테 먼저 전화하지 않았냐고…… 그랬으면 빨리 조치해서 살 수 있었을지 모른다고. 나도 그렇게 생각해. 근데 그 상황에는 정말 아무 생각이 안 났어. 빨리 뛰어가야 한다는 생각만 들었어. 나라고 동생이 죽는 걸 보고 싶었겠어? 사람들은 몰라. 다 자기 맘대로 생각해. 남의 맘도 모르면서. 난 지금도 동생이 떨어지는 꿈을 꿔. 지금도 피투성이가 된 동생 얼굴이 눈앞에 자꾸 보여. 그러니까 죽지 마."

소유는 눈물을 쏟아내며 진심으로 호소했다. 그러나

롱패딩은 확고했다. 어떤 바람에도 흔들리지 않을 소나무 같았다.

"난 이미 내가 죽으면 그렇게 괴로워할 가족이 없어. 부모님은 교통사고로 죽었고, 하나뿐인 큰아버지란 사람은 집을 팔아서 같이 살자고 하더니 집 판 돈을 가지고 사라졌어. 어린 동생은 보육원에 맡겨졌어. 오랜만에 동생을 보러 갔더니 동생이 날 못 알아봐. 그래서 결심했어. 이제 정말 죽어도 되겠구나. 그래서 여길 온 거야."

"여기에도 지옥만 있는 건 아니야."

이번에는 경식이 나섰다.

"그건 네가 지옥에 안 살아봐서 그래."

롱패딩이 단호하게 말했다. 경식은 억울했다. 하지만 따지고 싶지는 않았다. 따지러 온 게 아니고 살리러 온 거니까. 경식은 침착하게 말하려고 애썼다.

"내가 안 살아봤다고? 그래, 지금은 아닐지도 몰라. 하지만 바로 얼마 전까지 네가 사는 지옥에 나도 살았어. 오아시스 없는 사막 같더라. 근데 그거 알아? 사막에도 꽃이 핀다. 사막에도 식물이 자라고 생명이 살아. 지옥에 있으니 남들은 다 천국에 있고 너만 지옥인 거 같지? 나도 그랬어. 그런데 조금 걸어 나오니까 천국도 있긴 하더라. 그걸 너도 알게 되면 좋겠어. 제발 살아줘."

"싫어, 안 믿어."

롱패딩은 옥상의 난간 쪽으로 걸어갔다. 셋은 동작을 멈추고 지켜봤다. K가 말했다.

"제발, 가지 마."

롱패딩은 듣지 못한 척 계속 걸어갔다. 셋은 두려움에 떨었다. 아무것도 할 수 없었다. 소유는 눈앞에서 누군가 떨어지는 걸 또 볼 자신이 없었다. 눈을 질끈 감았다.

"정말, 죽을 거냐?"

낯선 목소리였다. 넷은 소리가 나는 쪽으로 고개를 돌렸다. 경찰 제복을 입은 키 큰 아저씨가 서 있었다. 동그란 안경을 끼고 부드러운 인상을 가진 사람이었다.

"뭐야? 경찰이야?"

롱패딩이 물었다. 경찰이 대답했다.

"그럴걸?"

"내가 일부러 허위신고를 했는데 출동을 했다고? 경찰들은 원래 세 번쯤 속이고 나면 절대 출동하지 않던데?"

"경찰이 다 그렇다는 건 성급한 일반화의 오류 아니냐? 아, 그건 아직 안 배웠나?"

"몰라, 나 말리지 마."

롱패딩은 난간 위에 섰다. 경찰이 다시 입을 열었다.

"아까 미리 도착해서 저 뒤에 숨어 있었어. 의도하진 않았지만, 네 친구들 이야기를 듣게 되었어. 너무 살고 싶게 만드는 이야기더라. 그런데 넌 그 이야기를 다 듣고도 죽고 싶냐?"

"친구 아니야. 그리고 그 이야기를 듣는다고 내가 지옥에서 꺼내지는 건 아니야."

"고통을 함께 보아주는 사람은 친구인 거야, 인마. 아무튼 네 마음은 변함없다는 거지?"

"응."

"죽는다고 야자타임이냐? 그래, 뭐. 그럼 야자타임 허락해줄 테니 오른쪽으로 세 발짝만 가라."

"무슨 수작이야?"

"아저씨…… 그러다 정말 떨어지면 어떡하시려고요."

소유가 울먹이며 말했다. 경찰은 소유를 보고 씩 웃으며 낮은 목소리로 말했다.

"걱정 말거라. 너희랑 방법이 다를 뿐, 생각은 같다."

K는 왠지 경찰에게 믿음이 갔다. 경식이 K에게 물었다.

"믿어도 될까?"

K는 고개를 끄덕였다. 경찰이 롱패딩에게 말했다.

"수작 아니고, 내가 거기서 떨어지는 사람을 많이 봤는데 지금 위치에서 떨어지면 나무에 걸려. 나무에 걸리면 죽지도 못하고 많이 다치기만 해. 그건 너무 싫지 않냐? 세 발짝만 더 가서 떨어져. 그럼 나무에 안 걸리고 바로 죽을 수 있다."

"정말이야?"

"나 오늘 한정식 먹었다. 비싼 밥 먹은 날은 거짓말 안 한다."

롱패딩은 망설이다가 "아이씨" 하며 오른쪽으로 세 걸음 옮겼다.

"한 번만 더 기회를 줄게. 안 떨어지는 게 좋아. 우리 수고도 덜고. 이 친구들이 했던 말을 한 번만 떠올려 봐."

"됐어. 개수작 부리지 마."

롱패딩은 그렇게 소리치고 순식간에 몸을 날렸다. 소유는 눈을 질끈 감으며 주저앉았고, 경찰을 믿고 있던 경식과 K의 마음도 흔들렸다. 경식이 떨리는 목소리로 말했다.

"아저씨…… 어떡해요."

경찰은 표정 변화 없이 경식을 보았다. 경식은 '아, 미친 사람인가 보다'라는 생각이 들었다. K는 왠지 롱패딩이 안 죽을 것 같았는데, 이 생각은 어디서 오는 건지 알수 없었다. 소유는 울음을 터트렸다.

"신이 있다면 더 이상 사람 죽는 거 안 보게 해달라고 내가 빌었잖아요. 또 이러시면 어떡해요. 신은 없는 거예요? 엉엉엉."

K는 소유의 말을 들으며 정말 신이 있기를 간절히 바랐다. 멀리서 구급차 사이렌 소리가 들렸다. 소유의 울음소리는 점점 커졌는데 점점 가까워지는 사이렌 소리에 묻혔다. 경찰이 말했다.

"이제 됐다. 가자."

지옥의 끝과 천국의 시작은
맞닿아 있는지도 몰라

경찰은 옥상에서 내려가 엘리베이터를 탔다. 그 뒤를 따라 K, 경식, 소유가 엘리베이터를 탔다. 엘리베이터가 내려가고 있을 때 경찰의 휴대폰이 울렸다. 경찰은 휴대폰을 받았다.

"어, 다행이네. 그래, 바로 이송해야지."

경찰은 전화를 끊었고, 1층에 닿을 때까지 아무 말도 하지 않았다. K, 경식, 소유도 잠자코 있었다. 밖으로 나가자 놀라운 광경이 펼쳐져 있었다. 거대한 에어매트가 설치되어 있었고, 롱패딩은 들것에 실려 구급차 안으로 들어가고 있었다. 구급대원 한 명이 경찰에게 와서 상황 보고를 했고, 경찰은 고개를 끄덕였다. 구급대원은 구급차에 올라탔고, 구급차는 바로 출발했다. K와 경식과 소유는 이게 무슨 영문인지 몰라 어리둥절했다. 소유는 마치 꿈인 것만 같아 눈을 비비고 다시 한 번 봤다. 정말 에어매트가 있었고, 구급차가 출발하고 있었다.

"너희 덕분이다. 너희가 시간을 끌어주지 않았으면 어려웠어."

경찰이 아이들을 보며 웃었다. K가 물었다.

"그러니까 에어매트에 떨어진 거죠? 괜찮은 거죠?"

"응, 살았는데, 잠시 기절 상태란다. 혹시 이상이 있을지 몰라 병원으로 이송하기는 했는데, 아무 이상 없을 거다."

"감사합니다. 정말 감사합니다."

소유가 울먹이며 꾸벅 인사를 했다.

"내가 고맙다. 오늘 처음 만난 청소년 용사들에게 햄버거를 대접하고 싶은데 괜찮겠니?"

"두 개 먹어도 되나요?"

경식은 롱패딩이 살았다는 사실에 배가 마구 고파져서 물었다. 경찰은 씩 웃으며 대답했다.

"오브 코오스!"

"그럼 귀한 시간 내서 햄버거 캐리를 허락해드리겠습니다. 충성!"

경식이 경례를 하니 경찰도 경례를 받아주었다.

"감사합니다. 충성!"

넷의 얼굴에 두려움이 사라지고 웃음이 깔렸다.

청소년 용사들은 경찰을 따라 경찰차로 갔다. 경찰차 운전석에는 다른 경찰이 앉아 있었다. 경찰은 조수석에, 용사들은 뒷좌석에 탔다. 경찰차가 출발하자 경찰이 물었다.

"그런데 너희는 어떻게 알고 옥상으로 간 거니?"

눈이 벌겋게 충혈된 소유가 놀이공원에 방금 도착한 어린아이처럼 신나서 말했다.

"저희는 살자클럽 운영진이거든요. 살자클럽이 뭐냐면요……."

소유는 살자클럽에 대한 설명부터 K가 왜 이 일을 시작했는지, 자신과 경식이 어떻게 운영진으로 참여하게 됐는지 등의 이야기를 고등 래퍼 우승자가 앵콜 무대에서 선보이는 랩처럼 신나고 빠르게 읊었다.

"와, 너네 진짜 멋지다."

운전석의 경찰이 말했다.

"하하, 뭘요."

경식이 자신의 머리를 긁적이며 말했다. 운전석의 경찰이 조수석의 경찰에게 말했다.

"경감님, 사람들은 요즘 청소년이 문제라는데, 얘네들 보니 문제는커녕 문제를 해결하는 능력을 갖추고 있는데요."

"어른과 사회가 문제를 만들어놓고 아이들을 데리고 들어가서 그렇지, 아이들은 문제없어."

"그러게요. 정말 그런 것 같아요."

뒷좌석의 아이들 셋은 그 말이 참 마음에 들었다. 아이들은 문제없다는 말. 그 말이 뭔데 이렇게 힘이 되는 걸까. 셋은 몰랐지만 좋았다. 차가 멈췄다. 조수석의 경찰이 내리며 아이들에게 말했다.

"청소년 용사들! 아니, 살자클럽 운영진들! 내리세요."

살자클럽 운영진이 내린 곳은 경찰서가 아니었다. 파출소처럼 생겼는데 파출소라고 쓰여 있지 않았다. '자살예방 긴급 구조센터'라는 간판이 보였다. 경찰은 안으로 들어가 자리에 앉았다. 자리에는 '김민지 경감'이라는 명패가 보였다. 소유는 '여자 이름 같네'라고 생각했다. 경감은 점퍼를 벗어 의자에 걸치며 긴 탁자를 가리켰다.

"거기 앉아 있으면 돼."

살자클럽 운영진은 탁자에 앉았다. 경감은 롯데리아 메뉴판을 가지고 와서 내밀었다.

"여기서 메뉴 골라서 알려줘."

"에이, 저희를 뭘로 보시고…… 저희는 이걸 보지 않아도 정할 수 있습니다. 새우버거 세트 4개입니다. 음료는 콜라, 감자튀김 두 개는 치즈스틱으로 바꿔주시면 감사하겠습니다."

경식이 말했다.

"오브 코오스!"

경감은 웃으며 휴대폰 앱으로 주문하고 K의 앞에 앉았다. K가 센터 안을 둘러보며 물었다.

"근데요, 여긴 경찰서도 아니고 파출소도 아니고…… 자살예방 긴급 구조센터? 그게 뭐예요?"

"응, 말 그대로야. 자살을 예방하고, 자살 시도하는 사람을 긴급하게 구조하는 센터."

"원래 이런 게 우리나라에 있었어요?"

경식이 물었다.

"아니, 작년에 생겼고, 지금은 여기 한 곳뿐이야. 점점 늘리려는 계획이 있는데 쉽지 않네."

"근데요, 아저씨 이름이 여자 이름 같네요."

소유가 말했다.

"음…… 살자클럽 운영진의 이야기를 들었으니 이제 내 얘기를 들려줄까?"

셋은 고개를 끄덕였다.

"김민지는 내 딸 이름이야. 그 아이가 죽었어, 3년 전에…… 잊고 싶지 않은데 잊힐까 봐 내가 아이의 이름으로 개명을 했어."

셋은 너무 놀랐다. 자신들의 이야기보다 더 믿을 수 없는 이야기가 등장하다니! 롱패딩의 이야기도 그랬는데 경감의 이야기가 더 그랬다. 경감은 잠시 뜸을 들이다가 다시 이야기를 시작했고, 셋은 숨죽여 이야기를 들었다.

"나는 일중독이었어. 나쁜 아빠였지. 비행 청소년들을 만나 이야기를 들어주고 집으로 돌려보내면서 내 집의 아이가 집에서 죽어가고 있는지 몰랐어. 왕따를 심하게 당했더라고. 아이 엄마는 내가 걱정할까 봐 말하지 않았고, 자신이 나서서 해결하려고 했나 봐. 학교 폭력 자치위원회가 열리고 가해자들이 처벌을 받고 사과를 해서 끝난 줄 알았는데 가해자가 그 이후에 더 몰래 더 심하게 아이를 괴롭혔나 봐. 민지는 너무 견디기 힘들었던 날, 유서를 써놓고 옥상으로 올라갔어. 우린 아이가 떨어지고 나서야 유서를 발견했고…… 유서에는, 엄마 잘못 아니야. 아빠 잘못 아니야. 내 잘못이야. 그러니까 자책하지 마…… 이렇게 쓰여 있었어. 네 잘못은 더더욱 아니라고 말해줬어야 했는데 말하지 못했어. 아이가 별이 되고 나서야, CCTV를 통해 아이가 별이 되기 직전의 모습을 확인했어. 아이는 옥상에서 떨어졌을 때 바로 죽지 않았어. 이마에 피를 흘리며 다시 올라간 거야. 그리고 다시 떨어진 거지."

소유는 '헉' 소리가 나오려고 하자, 자신의 입을 막았다. 그런 소리를 내는 건 예의가 아닌 것 같았다. 경감은 소유의 마음을 읽었는지 미소를 보내주었다. K는 경감을 보며 '울지 않는데도 울 수 있구나'라고 생각했다. 경식은 마음으로 운다는 것이 무엇인지 알 것 같았다. 경감은 심호흡하고 다시 이야기를 했다.

"그런데 말이야. 정말 화가 났던 건 민지가 다시 피를 흘리며 올라갈 때 다섯 사람도 넘게 그 녀석을 봤어. CCTV에 잡힌 사람만 해도 여섯 명이 민지를 본 거야. 그런데 아무도 묻지 않았고 말리지 않았어. 마치 우리 아이는 유령처럼, 아무도 보지 못한 사람이 되었어. 한

동안 그 여섯 사람을 증오하며 시간을 보냈지. 내 아내는 바깥에 나가지 못했어. 사람들이 다 괴물처럼 보였대. 아무도 볼 자신이 없다며 집 안에서 내내 울었어. 아내를 위해 이사했지만 소용없었어. 심리 치유센터를 다니면서도 집에만 오면 내내 눈물을 흘렸지. 나도 너무 괴로웠어. 경찰인데 내 자식만 못 지킨 사람. 그렇게 낙인이 찍힌 것 같았어. 1년을 지옥에서 살았어. 아까 그 아이가 한 말처럼 더한 지옥은 없는 것처럼 지옥의 끝에서 살았지. 그러다 TV를 1년 만에 틀었는데 또 한 아이가 옥상에서 뛰어내렸다는 뉴스가 나오더라. 올해만 22명의 청소년이 죽었다며…… 연령층 관계없이 통계로 따지면 하루에 30명이 죽는다며…… 그 뉴스를 보는데 말해주고 싶더라. 그 사람들에게, 너의 잘못 아니라고. 우리 민지에게 해주고 싶었지만 못했던 그 말을 해주고 싶었어. 그래서 이 센터를 만들게 된 거야. 제안서를 냈는데 경찰청에서 통과가 되었어. 그래서 나는 경찰이지만 근무지는 이 센터야. 허위신고라는 생각이 들어도 출동하고, 자살이 빈번하게 시도되는 마포대교, 아파트 옥상 등에 순찰을 돌고, 자살이 시도된 적 있는 모든 옥상에 CCTV를 설치하고 있어. 자살을 시도하는 사람이 보이면 얼른 에어매트를 설치하는 것은 물론이고. 그러니까 여기는 자살을 예방하고, 자살하려는 사람을 살릴 수 있게 뭐든 해보는 센터야. 그리고 그들에게 당신의 잘못이 아니라고 말해주기 위해 심리상담과 치료도 진행하고 있어."

짝, 짝짝. 경식이 박수를 쳤다. K와 소유도 박수를 쳤다. 경감은 그 모습을 보며 웃었다. 마치 자신의 딸 민지를 보는 것 같아 슬프지만 좋았다.

"햄버거 배달 왔습니다."

그 소리에 넷은 일부러 크게 웃었다. 경감은 햄버거를 받아 탁자 위에 놓으며 말했다.

"맛있게 먹어. 그리고 살자클럽의 글을 자살을 돕는 것처럼 올려야 연락이 오고, 그래야 살릴 수 있다고 했지? 그 말 이해하고 공감해. 그런데 그렇게 하면 자살을 조장하는 모임으로 오해받을까 두렵기도 하지? IP 추적도 걱정되겠네?"

"와. 아저씨도 사람의 생각을 읽으세요?"

소유는 눈을 동그랗게 뜨고 물었다. 경감은 어리둥절했다.

"으응? 그게 무슨 말이야?"

"저도 생각을 읽거든요."

소유는 씩 웃으며 말했다. K가 얼른 수습했다.

"아저씨, 농담이에요, 농담!"

"아……."

"정말 그게 걱정이긴 해요. 그런데 아직까지는 무사히 잘 넘어갔어요."

K의 말에 경감은 미소를 지으며 힘차게 말했다.

"내가 도울게. 그런 두려움 없이 너희가 계속 사람 살릴 수 있게!"

"와!"

경감의 말에 소유가 환호성을 지르며 박수를 쳤다.

"진짜 짱이에요!"

경식도 박수를 쳤다.

"정말 고맙습니다."

K는 꾸벅 인사를 했다.

"내가 고맙지. 참, 아까 그 친구는 잘 깨어났대. 있을 곳이 없는 것 같으니 내가 쉼터를 알아봐줄 거고, 심리 치료도 받게 할 거야. 그러니 걱정 안 해도 돼."

"와, 진짜 감사해요."

K가 또 꾸벅 인사를 했다.

"내가 고맙대도! 얼른 먹거라."

"잘 먹겠습니다."

셋은 동시에 인사하고 허겁지겁 햄버거를 먹었다. 경감은 자리로 돌아가 업무를 처리했다. 경식이 햄버거 하나를 해치우고 치즈스틱을 한입 베어 물며 말했다.

"지옥의 끝까지 가면 말이야, 천국과 맞닿아 있는 게 아닐까?"

"그게 무슨 말이야?"

소유가 콜라를 마시며 물었다.

"우리 모두 지옥의 끝에서 살았잖아. 저 경찰 아저씨도, 아까 롱패딩도 그렇고…… 지옥의 끝까지 갔는데 서로를 만났잖아. 그리고 심지어 서로를 살리고, 그래서 우리도 이렇게 살아 있고…… 그걸 보면, 우리도 모르는 사이에 천국이 시작되고 있는 거 같지 않아? 그러니까 우리가 지옥의 끝까지 걸어가다가 살짝 지나치니까 천국이 시작된 거지. 우리도 모르게."

"오올~ 멋진데?"

소유가 말했다.

"진짜 멋지네."

K도 맞장구를 쳤다. 경식은 어깨를 으쓱하며 말했다.

"그럼 우리 너무 열심히 걸어가지 말고 여기에 좀 더 오래 있자. 지옥에 있는 사람들을 더 많이 만나서 같이 천국으로 들어갈 수 있게."

"콜!"

소유와 K가 동시에 외쳤다.

"그럼 건배!"

경식이 콜라 컵을 들었다. 소유와 K도 콜라 컵을 들고 셋이 건배를 했다. 천국에서의 첫 건배였다.

9

사랑은 보이지
않아도 보여!

롱패딩은 살았다. 살자클럽 운영진 세 명은 용감한 시민상을 받게 되었다. K는 이 사실을 전하는 경감에게 살자클럽은 비밀로 해달라는 단서를 달았다. 경감도 당연히 그렇게 생각하고 있었다. 롱패딩을 살린 건 알려져도 살자클럽이 알려지면 안 된다는 생각은 둘이 같았다.

"그리고 또 하나 부탁드려요. 우리 얼굴도 나오면 안 돼요. 얼굴이 알려지면 살자클럽 활동에 지장이 생길 거예요. 무엇보다 저희 이모가 절대 못 하게 할 거예요."

"알겠다. 절대 그런 노출 없이 진행하도록 할게. 아저씨가 약속하마."

"그럼 나도 한 가지 부탁해도 될까?"

"네, 말씀하세요."

"너희 셋이 너무 자랑스럽고 대견하지만, 그래도 걱정이 되어서 말이야. 내가 너희 일정에 함께해도 될까? 간섭하려는 건 절대 아니고, 협조해주고 싶다."

"좋아요!"

K와 경감은 새끼손가락을 걸고 약속했다. 소유와 경식은 뛸 듯이 기뻐했다. 셋은 상을 받고 '청소년 자살 예방 협조 요원'으로 임명도 받고, 명예 경찰 배지도 받았다. 셋은 뉴스에도 나오고 신문에도 나왔다. 경감은 기자들의 출입을 막고 멀리서 뒷모습만 촬영해서 언론에 전달했다. 신문에는 세 명의 용감한 청소년이 한 청소년의 목숨을 구했다는 기사가 나왔다. 뉴스에는 '우리 시대 청소년, 아직 희망 있어'라는 제목으로 셋의 이야기가 나왔다. 셋은 스타벅스에 앉아 휴대폰으로 뉴스를 보며 싱글벙글 웃었다. 셋의 휴대폰이 동시에 울렸다. 살자클럽 운영진 단톡방에 새로운 메시지가 도착했다. 김민지 경감이었다.

경감 〉 용감한 청소년 용사들의 단톡방에
초대해주어 고맙습니다!

> **K** 아저씨 덕분에 너무 유명해졌어요.
> 다음에 만나면 사인해드릴게요!

> **경감** 하하, 영광입니다. 그리고 더욱 기쁜 소식!
> 자살클럽이 살자클럽이라는 것을 우리 경찰청 내부에 공유했고, IP 추적도 멈췄다는 소식!

까~ 아저씨는 정말 짱이심!

> **경감** 인정!

> **경식** 그새 K의 빠른 인정 습관을 배우셨군요?

> **경감** 학습능력이 빠른 편임! 앞으로 도움이 필요할 땐 언제나 콜!

> **K** 얍얍얍!

"아저씨가 계시니 너무 든든하다, 그치?"

소유의 말에 K와 경식은 고개를 끄덕였다. 소유는 갑자기 뭔가 생각난 듯 이마를 탁 치며 말했다.

"참, K! 우리 얼마나 웃긴 일이 있었는지 알아?"

"몰라!"

K가 심드렁한 표정으로 말했다. 소유는 아랑곳하지 않고 신나게 말을 이었다.

"어제 뉴스 나가고 오늘 경식이네 담임이 종례하면서 그랬대. 너희 뉴스 봤지? 그렇게 멋진 청소년들도 있단 다. 그러니 너희도 이제 뇌를 좀 탑재하고 생각을 좀 하 며 살기를 바란다. 막 이러면서 말하는데 경식이가 졸고 있었나 봐. 그걸 보고는 경식이한테 그랬대. 야, 오경식! 너는 뉴스에 나온 청소년 용사들도 안 봤냐? 그 용사들 이 널 보면 얼마나 한심해하겠냐?"

소유는 선생님의 말투를 따라 하며 깔깔깔 웃었다.

"진짜 웃겼어."

경식은 웃지 않고 말했다. 소유는 웃음을 멈추고 짜증 을 냈다.

"역시 어른들은 보는 대로만 판단한다니까. 우리가 자 살클럽으로 글 올리는 것도 알아보지도 않고 위험하다 고 막 추적한다고 뉴스 내보내고…… 그게 우리인 것도 모르고 이제 막 칭찬하고…… 참, 어이가 없어."

"그런 적이 있었어?"

"아, 경식이 넌 모르지? 자살을 돕는 자살클럽이 있다 면서 추적한다고 뉴스에 나왔는데, 그 자료화면으로 살 자클럽 계정이 나온 거야. 그래서 K가 계정 바꾸고, 추적 안 되게 해커 찾아가고 그랬대."

"맷돌 손잡이 알아요? 맷돌 손잡이를 어이라 그래요, 어이. 맷돌에 뭘 갈려고 집어넣고 맷돌을 돌리려고 하는데 손잡이가 빠졌네? 이런 상황을 어이가 없다 그래요."

경식이 눈살을 찌푸리며 영화 베테랑의 조태오 대사를 따라했다. 그다음을 K가 이었다. K는 경식의 표정을 따라 하며 말했다.

"아무것도 아닌 손잡이 때문에 해야 할 일을 못 하니까 지금 내 기분이 그래. 어이가 없네?"

K와 경식이 하이파이브를 했다. 소유는 그 모습이 좋았다. 보통 셋이 친한데 셋 중에 둘이 더 친하면 결국 셋의 사이가 안 좋아진다는데, 소유는 경식과 K가 더 친해지면 든든하고 힘이 났다. 소유는 둘을 보며 환하게 웃었다. 그때 K의 휴대폰에 DM이 도착했다.

- 오늘 성적표를 받았어요. 원래 3등이었는데 15등으로 떨어졌어요. 저는 죽었어요. 그러니까 그냥 죽을래요.

'bull shit'이라는 아이디가 보낸 메시지였다. K는 얼른 답을 보냈다.

- 왜 죽어요?

- 엄마가 1등만 떨어져도 죽인다고 했어요. 그런 성적으로 살 필요가 없대요. 그런데 12등이나 떨어졌다니까요. 어차피 엄마 손에 죽을 테니까 그 전에 그냥 죽을래요. 아, 죽기는 싫은데…… 아, 어차피 죽을 거예요.

K는 피식 웃었다. 귀여웠다. 매번 심각한 사연만 듣다가 이렇게 귀여운 사연이라니! 그러나 긴장을 늦출 수는 없었다.

-그럼 우리 만나요. 도와줄게요.

-아, 정말이죠? 무섭긴 한데. 아, 어디로 가면 될까요?

-도진역으로 올 수 있어요? 너무 멀어요?

-오, 아니요. 다섯 정거장만 가면 돼요.

-그래요, 그럼 지금 도진역 2번 출구로 와요.

-넵!

K는 'bull shit'과 나눈 메시지를 캡처해 단톡방에 올렸다. 소유와 경식, 경감은 거의 동시에 메시지를 확인했다.

제가 보기에 귀엽기는 한데 그래도 그냥 넘 겨서는 안 될 것 같아서요. 느끼지 못했지만 심각할 수도 있고요.

소유 맞아.

경식 옳아.

경감 그래서 우리 센터 앞에서 만나기로 했구나?

네, 아저씨는 어떻게 해야 할지 알 것 같아서요.

경감 짜슥, 지혜롭네. 그래, 우선 넘어오너라.

K 얍!

K가 벌떡 일어났다. 소유와 경식도 K를 따라 바로 일어났다.

셋은 버스를 타고 도진역으로 갔다. 2번 출구 앞에는 이미 김민지 경감이 기다리고 있었다. 경감은 회색 후드 티셔츠에 청바지를 입고 있었다. 소유가 놀란 눈으로 말했다.

"오, 제복이 아니네요?"

"청소년들은 제복 입으면 괜히 쫄더라. 특히 자살 시도하는 녀석들은 잡혀가는 줄 알고…… 내가 그렇게 나쁜 사람은 아닌데 말이야. 그래서 청소년들 만날 땐 큐트하게 변신!"

"아저씨는 엄청 똑똑한 줄 알았는데 나보다 영어를 모르네요. 큐트의 뜻도 모르다니……."

경식의 말에 K와 소유가 웃었다. 경감도 웃으며 말했다.

"나도 네가 나보다 똑똑할 줄은 알았지만 이렇게 똑똑할 줄은 몰랐다."

"이제라도 아셨으면 됐죠, 뭐."

"하하, 고맙다."

경식은 정말 재치 있다. K는 그런 경식이 '살자클럽'에 들어온 게 참 행운이라는 생각이 든다. K가 경감에게 물었다.

"아저씨, 좋은 아이디어 있으신 거죠?"

"오브 코오스!"

셋은 경감의 한마디에 안심이 됐다. 곧 교복을 입은 남자아이가 2번 출구로 올라와 주위를 두리번거렸다. 어깨가 넓고 덩치가 컸지만 얼굴이 참 귀엽게 생겼다. 얼굴이 정말 동그란데 눈도 정말 동그랬다. 컴퍼스로 그려도 그렇게 동그랗기는 힘들 것 같다고, 소유는 생각했다. 경식이 경감에게 속삭였다.

"저 아이를 보고 하는 표현이에요. 큐트는……."

"알았다. 명심하마."

경감이 경식에게 속삭였다. 경감은 K에게 눈짓을 보냈다. K는 고개를 끄덕이고 아이에게 다가가 물었다.

"아이디 불쉿?"

불쉿이 고개를 끄덕였다. K는 웃으며 손을 내밀었다.

"나는 살자클럽 운영자야!"

"엥? 살자클럽이요? 자살클럽 아니고?"

"중딩?"

소유가 한 발짝 앞으로 나오며 물었다. 불쉿은 잠깐 얼음이 됐다. 소유가 자신이 좋아하는 걸그룹 '여사친'의 멤버 미미인 줄 알았다. 소유가 다시 물었다.

"중딩 아니야?"

"와, 미미인 줄 알았어요."

불쉿이 말했다. 경식이 놀라서 물었다.

"설마 여사친 멤버 미미?"

"네에."

"야, 너 안경 써야 하는 거 아니냐? 미미가 들으면 너

고소감이야.”

소유는 경식의 팔을 꼬집었다.

“아아아! 아파!”

“아플 짓은 하지 말자.”

소유는 경식을 노려보며 앙칼지게 말하고는, 불쉿을 보고 환하게 웃으며 다정하게 물었다.

“중딩 맞는 거지?”

“네, 중3이요.”

“누나는 고2. 반가워. 우리 저기 센터에 들어가서 얘기해보자. 왜 살자클럽인지 말해줄게.”

불쉿은 고개를 끄덕였다.

“오케이. 나는 저 센터에 근무하는 착한 아저씨…… 아니, 이 누나 삼촌이야. 같이 가자.”

불쉿은 다시 고개를 끄덕였다.

센터 안의 탁자에 살자클럽 운영진과 김민지 경감, 불쉿이 앉았다. 소유는 불쉿에게 자살클럽이 왜 살자클럽인지 설명했다. 불쉿은 안도의 한숨을 내쉬었다.

“휴~ 다행이에요. 저, 사실 죽고 싶다고 했지만 너무 무서웠어요.”

김민지 경감과 운영진은 불쉿이 귀여워서 소리 없이

웃었다. 경감이 물었다.

"너, 정말 엄마가 네 성적이 떨어졌다고 죽일 거라고 생각해?"

"죽이진 않더라도 쫓아내긴 할 거예요."

"아닐걸?"

"아저씨가 어떻게 알아요?"

"내가 생각보다 아는 게 많거든. 그럼 아저씨가 맞는 다는 걸 보여줄게. 가자."

"어딜요?"

"너희 집!"

"엥…… 저, 정말 죽을지도 몰라요."

"다 같이 갈게."

"누나도요?"

불쉿은 소유를 보았다. 소유는 눈을 찡긋이며 대답했다.

"오브 코오스!"

불쉿이 미소를 지었다. 경식은 그 모습이 못마땅했지 만 아무 말도 하지 않았다.

"자, 그럼 아저씨 옷 갈아입고 올게. 어른들에겐 제복 이 먹히거든. 참, 불쉿! 너 우선 엄마한테 오는 전화나 문 자 답하지 마."

"네, 무서워서 이미 비행기 모드예요."

김민지 경감은 불쉿에게 엄지손가락을 들며 "최고야!"
라고 말하고 탈의실로 들어갔다. 경식이 불쉿에게 물었다.

"근데 불쉿이 무슨 뜻이냐?"

"헛소리라는 뜻이요."

"왜 그게 아이디야?"

"세상이 다 헛소리라서요."

"오~ 짜슥. 스웩 넘치네!"

"맞잖아요. 성적이 나쁘면 사람이 아니예요? 사람이
나쁜 것도 아니고 성적이 나쁜 건데 그게 왜요? 세상이
다 그렇게 말하니까 엄마까지 속고 있어요!"

짝짝짝. K가 박수를 쳤다. 경식과 소유도 박수를 쳤다.
소유가 말했다.

"넌 절대 죽으면 안 돼. 누나가 보기에 말이야, 넌 감각
도 있고 센스도 있고 지혜롭기까지 해."

"정말요?"

"응!"

불쉿이 환한 미소를 지었다.

살자클럽 운영진과 불쉿은 경찰차에 올라탔다. 경감

이 운전을 했고, 네비는 불쉿이 불러준 주소로 잘 찾아가고 있었다. 10분 후에 불쉿이 살고 있는 빌라에 도착했다. 한눈에 봐도 엄청 고급스러운 집이었다. 불쉿은 집 앞에 도착하자마자 떨었다.

"못 들어가겠어?"

경감이 묻자 불쉿은 고개를 끄덕였다.

"오케이! 그럼 여기 경식이 형이랑 소유 누나랑 차 안에 있어. K는 나랑 같이 가고. 경식아, 내가 네 휴대폰으로 전화를 걸 거야. 그럼 아무 말도 하지 말고 스피커만 켜놔."

"넵, 충성!"

경식이 경례를 했다. 경감은 빌라 정문으로 갔다. K도 경감의 뒤를 따라갔다. 경감은 불쉿이 가르쳐준 대로 비밀번호를 눌렀다. 문이 열렸다. 202호로 가서 벨을 눌렀다. 안에서 "동진이니?" 하는 소리가 들렸고, 곧 문이 열렸다. 동진은 불쉿의 이름이었다. 동진의 엄마는 세련된 외모를 가지고 있었다. K의 엄마가 백작부인을 연기할 때 자주색 홈드레스를 입고 머리카락은 길게 웨이브를 했었다. K는 엄마의 앨범에서 그 모습을 본 적이 있다. 동진 엄마를 보고 K는 백작부인 역의 엄마가 떠올랐다.

"누구세요?"

동진 엄마가 물었다. 경감이 대답했다.

"붉쉿…… 아니, 동진 어머니시죠?"

"네, 그런데요."

"저는 김민지 경감이라고 합니다."

경감은 명찰을 보여줬다. 동진 엄마는 떨리는 눈빛으로 물었다.

"혹시 우리 동진이에게 무슨 일이라도 있어요?"

경감은 아무 말도 하지 않았다. K는 경감이 무슨 생각인지 알 수 없었지만 잠자코 있었다. 경감이라면 분명히 좋은 아이디어로 동진을 살릴 거라고, K는 믿었다.

"말씀을 좀 해보세요! 우리 동진이한테 무슨 일이 있냐고요?"

동진 엄마는 경감을 다그쳤다. 경감은 조심스럽게 입을 열었다.

"사실 어머니…… 동진이가요……."

"네, 동진이가 왜요?"

경감은 또 아무 말도 하지 않았다. 엄마는 속이 타들어가는 것 같았다.

"말씀 좀 해보세요. 왜요, 무슨 일이에요? 설마 사고가

난 건 아니죠? 다친 건 아니죠?"

"네, 그런 건 아닌데요. 그게······."

"설마······ 아니죠? 네?"

엄마는 이제 온몸이 떨려왔다. 무서운 상상이 여러 겹 밀려와 엄마의 머릿속을 점령했다.

"말씀 좀 빨리 해주세요!"

"흠······ 그럼 놀라지 마시고 들으십시오."

동진 엄마는 떨리는 눈빛으로 고개를 천천히 끄덕였다.

"그게요. 동진이가, 성적이, 많이 떨어졌답니다."

"동진이······ 성적이······ 네?"

"동진이가 성적이 떨어져서 엄마가 내쫓을까 봐 무섭대요."

"아, 정말 우리 동진이가 어떻게 된 줄 알았잖아요."

엄마는 주저앉았다. 눈물이 엄마의 볼을 타고 내려왔다.

"내가 내 자식을 왜 내쫓아요."

"동진이한테 그 성적으로는 살 필요가 없다고 하셨다면서요. 어머니, 그런 말은 마음에 칼이 되어 꽂혀요. 동진이가 많이 아팠을 거예요. 엄마가 자신을 사랑하지 않는다는 느낌을 받았을 거예요."

"그게 무슨 말씀이에요. 자식을 사랑하지 않는 엄마도

있어요? 제가 우리 동진이를 얼마나 어렵게 낳은 줄 아세요? 동진이가 얼마나 소중한 아들인데요. 제가 얼마나 사랑하는 아들인데요."

경식의 휴대폰을 통해 엄마의 말이 생중계되고 있었다. 소유가 먼저 울음을 터트렸다. 경식은 소리가 전달될까 봐 얼른 휴대폰을 껐다.

"뭐야, 왜 네가 울어?"

"엄마 생각이 나서…… 우리 엄마, 내 이름은 까먹었어도 날 사랑하겠지?"

"암튼 주책이야. 그렇다고 우냐?"

경식이 소유를 타박했다. 하지만 동진이 소유 편을 들어주었다.

"누나, 당연하죠. 우리 엄마도 날 사랑한다는데…… 당연하죠. 누나 엄마도 누날 사랑하죠."

"엉엉, 맞아. 그럴 거야."

둘은 놀이공원에서 엄마를 잃어버린 아이들처럼 울었다. 경식은 손을 뻗어 운전석 옆에 놓여 있는 티슈를 꺼내서 둘에게 주었다. 둘은 코를 팽 풀고 또 울었다. 그때, 경찰차의 뒷문이 열렸다.

"동진아!"

동진 엄마였다. 경감과 K는 뒤에 서 있었다. 동진은 얼른 나가서 엄마 앞에 섰다.

"엄마, 잘못했어요. 공부 못해서 미안해요."

"아니야, 엄마가 미안해. 소중한 아들을 죽인다고 말하면 안 되는 건데…… 진짜 그런 생각이 있었던 건 아니야. 하늘에 대고 맹세해."

"네, 믿어요."

동진 엄마는 두 팔을 벌렸다. 동진은 엄마의 품에 덥석 안겼다. 둘은 부둥켜안고 엉엉 울었다. 경감과 살자클럽 운영진은 그 모습을 뿌듯하게 바라봤다. 소유는 여전히 눈물을 뚝뚝 흘리며 바라봤다.

살자클럽 운영진과 경감은 센터로 돌아와 치킨을 먹었다. 소유가 퉁퉁 부은 얼굴로 닭다리를 뜯으며 피식 웃음을 흘렸다. K가 눈살을 찌푸리며 말했다.

"아, 무서워. 그 얼굴로 웃지 마!"

"동진이가 너무 귀엽다는 생각이 들어서."

"요즘 연하가 대세래. 사귀어 봐."

K가 말했다. 소유는 손사래를 쳤다.

"에이, 그건 아니고."

"그래, 그건 아니어야지!"

경식이 말했다. 모두 경식을 의심스러운 눈초리로 보았다. 경감이 말했다.

"너어~ 혹시……."

"아니에요. 나는 얘 안 좋아해요!"

"누가 소유 좋아하냐고 물었어? 누가?"

경감은 배시시 웃으며 물었다. 경식의 얼굴이 빨개졌다. 소유의 얼굴도 빨개졌다. K가 경감에게 말했다.

"사랑은 보이지 않아도 보이네요."

경감이 맞장구를 쳤다.

"그치, 보이지 않아도 보이는 건 사랑뿐이지."

"아, 왜 그래요!"

경식이 소리쳤다. 경감은 왜 그러는지 모르겠다는 표정으로 경식을 보며 말했다.

"왜 그래? 동진이랑 동진이 엄마 얘기하는 건데!"

"그러게? 너 뭐가 막 찔려?"

K가 맞장구를 쳤다. 경식은 "아이씨!" 하면서 닭다리를 뜯었다. 소유는 얼굴이 빨개진 채로 콜라를 벌컥 마셨다.

"보이네, 보여."

경감이 말했다.

"저도 보이네요, 보여."

K가 말했다.

"또 동진이 얘기지?"

경식이 이제는 안 속는다고 생각하며 물었다. K가 씩 웃으며 말했다.

"아니, 네 얘기!"

"아니지. 얘네 둘 얘기지!"

경감이 일어서며 말했다. K도 일어섰다. 경식도 "아이 씨!" 하면서 일어났다. 경감은 밖으로 나가며 말했다.

"아, 왜 이렇게 덥니? 바람 쐬고 와야겠다."

"와, 아저씨. 저도요."

경감과 K는 밖으로 나갔다. 경식은 멋쩍은지 뒷머리를 긁적이며 다시 앉았다.

"왜 저러지?"

소유는 밖으로 나가는 둘을 보다가 도대체 이해할 수 없다는 표정을 지었다. 경식은 소유의 눈길을 피하고 맞장구를 쳤다.

"그러게 말이야. 진짜 이상해."

둘은 다시 치킨을 먹으려고 손을 뻗다가 손이 부딪혔다. 잠시 멈췄다가 소유가 먼저 한 조각을 들었다.

"치킨 먹자, 치킨!"

"그래그래, 치킨 먹자. 우리가 다 먹자."

경식도 한 조각을 들었다. 둘은 아무 말도 하지 않고 열심히 치킨을 뜯었다. 그런데 소유의 얼굴이 점점 더 빨개졌다. 경식도 마찬가지였다. 문밖에서 둘을 보며 경감이 말했다.

"멀리서 보니까 홍당무 두 개가 치킨을 뜯는 거 같지 않니?

K가 웃으며 대답했다.

"그러게요. 멀리서도 사랑은 보이네요, 보여."

"그게 사랑인가 보다."

경감의 말에 K는 고개를 끄덕였다. K는 갑자기 희재가 떠올랐다. K와 사촌인, 지금의 호적으로는 친자매인 희재. 사촌일 때 둘은 정말 친자매처럼 사이가 좋았다. 얼굴도 닮아서 친자매냐고 묻는 사람들도 많았다. 그러면 둘은 깔깔대며 그렇다고 대답했다. 그런데 막상 친자매가 되니 사촌도 아닌 사람처럼 살게 되었다. 그 사실이 K의 가슴을 문득문득 찔러댔다. 희재는 알까? 자신이 얼마나 예전처럼 친하게 지내고 싶어 하는지, 얼마나 하고 싶은 이야기가 많은지, 얼마나 사랑하는지……

"아저씨, 안 보이는 사랑도 있을까요?"

K가 경감에게 물었다. 경감은 잠깐 하늘을 올려다보며 생각하더니 대답했다.

"없을 거야. 사람이 일부러 고개를 돌리는 경우는 있겠지만 말이야."

K는 고개를 끄덕이며 마음속으로 바랐다. 희재가 다시 고개를 돌려 보아주기를…….

때로 진실은
정확한 시간에 찾아와

죽는 걸 도와준다고 해서 이메일을 씁니다. 이름을 먼저 밝혀야 하나요? 나는 유희재라고 해요. 죽고 싶다는 생각은 이모가 죽었을 때부터인 것 같아요. 이모가 죽고 나와 또래인 사촌, 그러니까 이모의 딸이 우리 집에 왔어요. 엄마는 그 아이를 나보다 더 딸처럼 대했어요. 나는 그게 너무 싫었어요. 하지만 싫어하면 나쁜 사람인 것 같아 내색도 못했어요. 나는 엄마가 살아 있는데, 엄마가 죽은 애가 더 불쌍한 건데, 내가 그 불쌍한 애를 싫어하는 건 너무 나쁜 것 같았어요. 하지만 결국은 터져버렸죠. 그 애가 들어오고 2년 후에 아빠는 엄마와 이혼을 했어요. 나는 그 아이 때문이라고 생각했어요. 아니, 지금도 그래요. 나는 그 아이 때문에 아빠를 잃었어요. 그러고 나니 내가 더 불쌍해졌어요. 그래서 걔한테 맘껏 심통을 부렸어요. 그런데 얼마 있지 않아서 걔네 아빠가 죽었어요. 또 엄마의 온 신경은 걔한테 갔죠. 또 그 애가 더 불쌍해졌죠. 나는 아빠만 없는데, 아빠도 죽은 건 아닌데, 그 애는 엄마랑 아빠가 다 죽었잖아요. 그 애의 엄마인, 나의 이모를 나도 꽤 좋아했어요. 그런데 이제 하늘에 있을 이모도 싫었죠. 이모가 죽어서 그 애가 우리 엄마의 사랑을 독차지하니까요. 하지만 맘껏 미워할 수도 없었어요. 미워하다 보면 미안해지고, 미안해하다 보면 또 미웠어요. 사춘기에 접어들면서는 더 미웠어요. 그래서 미워하기만 하려고 노력했어요. 그 애를 봐도 모른 척하고 말도 퉁명스럽게 했어요. 그 애는 내가 뭐라고 해도 한 번도 뭐라고 한 적이 없어요. 그게 더 화가 나요. 걔는 착한 애가 되고 나는 나쁜 애가 되는 것 같았어요. 콩쥐와 팥쥐죠. 이제 정말 지긋지긋해요. 이제 정말 생을 마감하고 싶어요. 가서 이모한테는 미워해서 미안하다고 말할 거예요. 하지만 그 애는 계속 미워할 거예요. 내 자리를 빼앗았어요. 우리 엄마를 빼앗았어요.

겨울이 지나가고 있었다. 하지만 이 이메일 하나로 K의 마음은 다시 차가운 겨울이 되었다. K는 이메일 첫

부분에 적힌 희재의 이름을 보며 아니길, 동명이인이기를 바랐다. 성까지 같았지만, 그렇다고 해도 동명이인일 가능성은 있으니까. 하지만 내용을 읽고 나서도 동명이인이라고 우길 수는 없었다. 분명히 희재였다.

이메일의 내용이 놀랍지는 않았다. K는 희재가 자신을 싫어한다는 사실을 잘 알고 있었다. 그리고 이해하고 있었다. 백번 천번 생각해도 희재가 이해됐다. 자신이 희재라고 해도 충분히 그럴 수 있을 것 같았다. 그런데, 죽음을 생각하고 있는지는 몰랐다. 죽음을 생각하는 가족을 옆에 두고, 밖에 나가서 다른 사람들만 살렸다니……. 자신이 한심했다. 더구나 희재마저 사라지면, K는 살 수 없을 것 같았다. 손이 떨렸다. 눈앞이 캄캄했다. 심장이 빠르게 뛰었다. 심호흡했다. 도저히 어떻게 해야 할지 방법이 떠오르지 않았다. 경감에게 SOS를 보냈다.

> 아저씨, 지금 저 바로 만나 주셔야 할 것 같아요.

경감 그래, 얼마든지. 혹시 센터로 올 수 있니?

> 네, 바로 갈게요.

K는 책상에서 일어나 버스 카드만 챙겨서 밖으로 나 갔다. 버스를 타고 가면서도 몸이 떨렸다. 차가운 바람 이 몸속을 파고드는 것 같았다. 창밖을 보았다. 마음이 좀처럼 진정되지 않았다. 왼손으로 가슴을 쓸어내렸다. 손으로 떨리는 허벅지를 잡았다. 창문을 살짝 열고 크게 숨을 쉬었다. 센터 앞에 버스가 멈췄다. K는 급하게 내려 서 센터 안으로 뛰어 들어갔다. 경감이 K를 발견하고 벌 떡 일어났다.

"너, 무슨 일 있어?"

왜 그 말에 눈물이 났을까. K의 볼을 타고 눈물이 주르 륵 흘렀다. 이모는 눈물이 나올 만큼 아프다는 건 그 아 픔이 눈물로 나올 만큼 가벼워졌다는 이야기라고 했는 데, K는 아닌 것 같았다. 이 눈물만큼은 그런 눈물이 아 니었다. 턱 밑까지 차 있던 아픔에 홍수까지 나서 눈물 샘 밖으로 넘쳐버린 것 같았다.

"무슨 일 있냐니까?"

경감은 K의 팔을 잡고 물었다. K는 계속 눈물을 흘리 며 말했다.

"아저씨, 꼭 살려야 해요. 희재는 정말 꼭 살려야 해요."

"꼭 살리지 않아도 되는 생명도 있어?"

K는 뒤통수를 한 대 얻어맞은 것 같았다. 경감의 말이 맞았다. 생명은 다 꼭 살려야 한다. 그런데 이런 감정은 처음이었다. 희재만큼 절절하게 꼭 살려야 한다고 생각했던 생명이 없었다.

"내가 나쁜 것 같아요. 다 소중한 생명이라고 말했지만 아니었나 봐요. 내 가족이 죽는다니까 정신이 하나도 없어요. 이렇게 아무것도 모르겠을 만큼 정신이 없던 적은 없었어요. 사람이 바로 떨어질 것 같은 상황을 맞닥뜨려도 이 정도는 아니었는데…… 저 나쁘네요. 나빠요."

"네가 나쁜 게 아니라 누구나 그래. 사람은 그 정도는 이기적이어야 살아. 우선 진정하고 무슨 이야기인지 차근차근 해봐."

경감은 K에게 물 한잔을 건넸다. K는 경감의 책상 앞 의자에 앉아 물을 마셨다.

"자, 천천히…… 차근차근 얘기해줄 수 있겠어?"

K는 고개를 끄덕였다.

"그런데 너무 추워요."

"오한이 들었나 보다."

경감은 유니콘이 그려진 무릎담요를 K의 무릎에 놓아주었다. 그리고 K의 어깨에 점퍼를 걸쳐주었다. K는 이제 조금 나아졌다. 점퍼를 여미며 천천히 입을 열었다.

"희재가 죽겠대요."

"희재? 아, 너희 이모 딸? 네 동생?"

"네…… 하……."

K는 또 눈물이 났다.

"그게 설마 살자클럽 사연으로 들어왔어?"

경감은 놀란 표정으로 물었다. K는 고개를 끄덕였다. 경감의 표정이 심각해졌다.

"놀랐겠구나. 많이 놀라겠어. 정신이 없을 수밖에 없네."

"내가 운영자라고는 절대 생각 못 할 거예요. 그런데 아저씨, 우리빌딩으로 몇 시에 오라고 메일을 못 보내겠어요. 그냥 메모장에 있는 걸 복붙하면 되는 건데, 손이 떨려서 못 하겠어요. 나 때문에 죽겠다는 건데 내가 살리겠다고 하면 얼마나 싫겠어요? 어떡해요?"

"자, 우선 그 이메일 좀 보자."

K는 휴대폰으로 이메일을 열어, 경감에게 건넸다. 경감은 천천히 읽어 내려갔다. 경감의 눈빛이 떨렸다.

"보낸 메일함에 네가 답장으로 보내던 내용 있지? 아저씨가 그거 복사해서 이 이메일 답장으로 보내도 되지?"

K는 고개를 끄덕였다.

반가워요.

나는 ㅈㅅㅋㄹ의 운영자 K입니다.

아래에 적힌 장소에서 다음 주 일요일 밤 10시에 만납시다.

마포구 연삼동 111-11 우리빌딩 옥상

경감은 전송 버튼을 누르고 K에게 휴대폰을 건넸다.

"네가 보내던 대로 똑같이 보냈어."

K는 고개를 끄덕였다. 경감은 K의 눈을 보며 말했다.

"아저씨 말 잘 들어. 이번에는 아저씨가 잘 알아서 할게. 다음 주 일요일에 아저씨랑 미리 만나서 우리빌딩 옥상으로 가자. 이번에는 소유랑 경식에게 양해를 구하고 아저씨랑 가자."

K는 고개를 끄덕였다.

"아저씨…… 희재 꼭 살아야 해요."

"알아. 꼭 살려. 걱정 마."

"에어매트도 준비해주실 거죠?"

"그럼! 걱정 말라니까."

"네네. 그럴게요."

K의 눈에서 다시 눈물이 떨어졌다.

"그동안 못 울었던 거, 오늘 한꺼번에 다 울려고?"

"그런가 봐요. 엉엉엉."

K는 이제 소리 내어 울었다. 경감은 티슈를 건네며 말했다.

"그래, 맘껏 울어라. 눈물도 신이 준 선물일 텐데, 울어. 울어도 된다."

K는 그 말에 더 큰 소리로 울었다. 계속 눈물만 났다. 그동안 턱 밑까지 차 있던 아픔을 입으로 눈으로 정신없이 쏟아냈다. 한 시간이 지나고, 입이 먼저 멈췄다. 눈은 여전히 쏟아냈지만 속도가 줄었다. 경감이 초코파이를 건넸다.

"당 떨어졌겠다. 이거라도 먹어."

K는 초코파이를 받고 물끄러미 바라만 봤다. 그러다가 뚱딴지같은 질문을 건넸다.

"아저씨, 내가 왜 K인지 알아요?"

"그러게. 이름 이니셜도 아니고, 왜 K냐?"

"엄마 이니셜이에요. 엄마 이름은 세 글자 다 K로 시작해요. 김기경이거든요."

"김기경? 그…… 연극배우 김기경?"

"네."

연극배우 김기경이라면 경감도 알고 있었다. 모를 수 없었다. 유명 연예인 못지않은 인기를 누리는 여성 연극 배우는 그녀 혼자라고 해도 과언이 아니었다. 그녀의 죽음에는 참 많은 구설수가 있었다. 남편이 폭력을 썼다느니, 아이가 심한 장애를 가지고 태어났다느니, 불륜을 저질렀다느니……. 추측성 기사도 난무했고, 증권가 찌라시에도 그녀가 등장했다.

"아저씨도 알죠?"

"응. 알지. 엄청 유명하셨잖아."

"아저씨가 민지 이름으로 개명했다고 하셨을 때 저도 말씀드리고 싶었어요. 저도 엄마 이름을 기억하려고 K로 예명을 정한 거예요. 근데 우리 엄마 이름을 한글로 누구한테 말할 수는 없었어요. 말하면, 사람들은 다 마음대로 생각하거든요. 그런데 아저씨는 아닐 거 같아서요. 아저씨는 가족을 먼저 떠나보낸 마음을 아니까요. 알죠? 정말 제가 희재를 보내면 안 된다는 거. 희재까지 보내면 저는 진짜 살 수 없다는 거."

"그럼. 너무 잘 알지. 정말 꼭 살릴게."

"네, 믿을게요."

실컷 울어서일까? 그렇게 말하고 싶었던 엄마의 이름

을 말해서일까? K는 속이 후련했다. 그렇다고 희재가 걱정되지 않는 건 아닌데, 폭풍이 휩쓸고 간 도시처럼 마음은 황폐한데, 이상하게 상쾌한 기분이 들었다. K는 생각했다. 희재가 꼭 살 거라서 이런 기분이 드는 거라고. 그리고 믿기로 했다. 아저씨가 희재를 꼭 살려줄 거라고. 살고 나면 희재의 눈에도 사랑이 보일 거라고. 꼭 그렇게 될 거라고.

D-day가 되었다. K는 시간이 가는 속도가 어제와 달라진 것 같았다. 하루 종일 시간이 가지 않았다. 1분이 하루 같았다. 초조하고 조마조마했다. 아직도 시간이 되지 않았나 싶어 다시 시계를 보는데, 소유에게 메시지가 왔다.

소유: 오늘이지?

응.

소유: 걱정 마, 꼭 살 거야.

응.

소유: 내가 기도할게. 신이 있다고 믿으며 기도할게.

응, 고마워.

휴대폰을 내려놓으려고 하는데 이번에는 경식에게 메시지가 왔다.

경식) 우리는 오늘 함께 못 가는 거 안 서운해.
나라도 그랬을 거야. 그러니까 미안해하지 말고 잘해. 꼭 살려.

응…… 경식아, 희재 꼭 살겠지?

경식) 당근!

응, 당근!

휴대폰을 책상 위에 내려놓았다. 벽시계를 보았다. 시간은 여전히 느리게 가고 있었다. K는 제발 빨리 시간이 가기를 빌었다.

드디어 아홉 시가 되었다. K는 경감과 함께 우리빌딩 옥상으로 올라갔다. 경감은 뒤편에 돗자리를 깔고 K에게 말했다.

"다리에 힘 풀리면 쓰러질 수 있으니 여기 앉아 있어. 내가 잘 설득해볼 테니까 언제든 네가 나서야겠다고 생각되면 나서도 돼."

"제가 나서면 역효과가 날 수도 있어요."

"그래, 그럴 거라는 생각이 들면 그냥 앉아 있어도 돼. 그런데 아저씨가 느끼기에 네가 필요하다는 생각이 들면 널 부를 거야. 그건 알고 있어."

K는 고개를 끄덕였다. 경감은 K를 안심시키기 위해 한마디 덧붙였다.

"어디서 떨어져도 안전할 정도로 에어매트 잘 설치해 놨어. 걱정 안 해도 돼."

K는 고개를 끄덕이고 돗자리에 앉았다. 누군가 올라오는 소리가 났다. 심장이 쿵쾅거렸다. 경감은 문 쪽으로 슬슬 다가갔다. 희재가 올라왔다. 경감은 희재의 곁으로 가서 물었다.

"네가 희재니?"

희재는 고개를 돌려 경감을 발견했다.

"아저씨가 자살클럽 운영자예요?"

"그렇단다."

"우리 또래라고 들었는데, 그건 그냥 소문이었군요."

"몰랐네. 그런 소문이 있었구나."

"어떻게 자살을 도와주나요? 밀어주나요?"

"어떻게든 도와줄게. 그런데 정말 죽어야겠니?"

"네."

희재의 단호한 음성이 K에게도 들렸다. K는 가슴이 저렸다.

"은재가 그렇게 싫으니?"

"아저씨가 걔 이름을 어떻게 알아요?"

"자살을 도우려면 뒷조사가 철저해야 한단다."

"흠…… 쌤쌤이죠, 뭐. 걔도 내가 싫을걸요?"

"아닌 거 같던데?"

"맞아요! 우린 둘 다 서로를 싫어해요."

"확신하니?"

"네!"

"그럼 은재한테 물어볼까?"

"설마 전화번호도 알아요?"

"아니, 그냥 물어볼 수 있어."

"어떻게요?"

경감은 K가 있는 쪽으로 몸을 돌려 큰소리로 물었다.

"은재야, 너도 희재가 싫으니?"

"……."

K는 대답할 수 없었다. 대답하고 싶었지만 너무 떨려서 목소리가 나오지 않았다.

"뭐 하는 거예요?"

희재가 물었다.

"그러게. 다시 한 번 물어봐야겠다. 은재야! 희재 싫으냐고~!"

"아…… 니요."

K가 대답했다. 큰 소리는 아니었다. 하지만 희재도 경감도 들었다. 희재는 너무 놀랐다. 경감은 희재에게 물었다.

"들었지?"

"지금 뭐 하는 거예요?"

희재가 버럭 화를 냈다.

"죽더라도 진실은 알고 죽어야 덜 억울하지 않겠니?"

희재는 답을 할 수 없었다. 맞는 말 같았다. 경감은 다시 K를 불렀다.

"은재야!"

K는 용기를 내야 할 것 같았다. 다리가 너무 떨렸지만 힘을 주고 일어났다. 희재 쪽으로 다가갔다. 희재는 자신에게 오고 있는 사람이 은재라는 걸 직감했다. K는 희재의 이목구비가 보일 정도의 거리에서 멈췄다.

"나, 너 좋아해. 엄마가 살아 있을 때 그랬어. 나이는 같지만, 하나뿐인 내 동생이라고. 이모와 엄마처럼 잘 지내라고. 그 말을 한 번도 잊은 적 없어."

"웃기는 소리 하지 마."

희재는 K를 노려보며 말했다. K는 희재에게 사과했다.

"미안해. 나 때문에 네가 엄마 사랑도 독차지 못 하고, 나 때문에 네가 힘들고, 나 때문에 괴로웠을 그 시간들…… 다 너무 미안해. 난 정말 이모부가 나 때문에 떠난 건 줄 몰랐어."

"몰랐다고? 어떻게 몰라?"

"그러게 말이야. 왜 몰랐지? 충분히 그럴 수 있는데 한 번도 생각해보지 않았어. 미안해."

"미안하다고? 네가 들어오고 난 너에게 다 맞춰야 했어. 네가 침대에서 잠을 잘 못 자면 엄마는 침대를 치웠고, 네가 싫어하는 반찬이면 내가 좋아해도 상에 올라오지 않았어. 넌 우리 엄마를 독차지하고, 우리 아빠는 너 때문에 나갔어. 그런데 미안해? 그게 다야? 나는 죽을 결심까지 했는데 넌 그게 다야?"

"정말 이게 다는 아닌데, 뭐라고 해야 할지 모르겠어서…… 정말 너무 미안하니까…… 미안하단 말밖에 할 말이 없어……. 진짜 미안해."

K는 그 자리에 주저앉았다. 희재는 옥상의 난간 쪽으

로 천천히 발걸음을 옮겼다. 경감은 어디 갔는지 보이지 않았고, K는 울먹이며 말했다.

"죽지 마…… 제발…… 죽지 마……."

희재는 못 들은 척했다. 죽는 것까지 은재에게 맞추고 싶지 않았다. 계속 은재에게 지는 느낌이었다. 오늘만은 이기고 싶었다. 한 번이라도 은재를 당당하게 누르고 싶었다. 옥상으로 올라오는 발걸음 소리가 들렸다. K가 소리쳤다.

"아저씨, 어디 갔다 오는 거예요? 빨리 와서 희재 좀 붙잡아줘요."

"네 아빠, 은재 때문에 나간 거 아니야."

경감이 아니었다. K와 희재에게 너무 익숙한 목소리였다. 둘은 이 한마디만 듣고도 목소리의 주인공을 단번에 알 수 있었다. 목소리의 주인공은 K의 이모, 희재의 엄마였다. 희재는 놀라서 발걸음을 멈췄다. K도 놀라서 이모를 보았다. 하지만 놀란 이유는 달랐다. K는 이모가 여기와 있다는 것에 놀랐고, 희재는 아빠가 은재 때문에 나간게 아니라는 말 때문에 놀랐다. 희재가 물었다.

"그게 무슨 말이야? 이젠 거짓말도 해?"

"네 아빠랑 같은 회사에서 근무하던 지인 씨 기억나?

네가 이모라고 부르며 잘 따랐던……."

"갑자기 지인 이모가 왜!"

"지금 그 둘이 부부야. 네 아빠랑 지인 씨."

희재는 숨이 멎는 듯했다. 엄마가 하는 말이 무슨 말인지 몰랐다. 아니, 모르고 싶었다.

"그게 무슨 소리야? 그게 무슨 말도 안 되는 소리야?"

"너, 놀랄까 봐, 너 마음 다칠까 봐…… 숨겼어. 네가 은재 때문이라고 생각하는 거 알면서도 그랬어. 은재야, 미안해."

이모의 눈에서 눈물이 뚝 떨어졌다. K는 고개를 저으며 마음으로 말했다. 아니라고, 미안해하지 말라고. 사실은 자신도 알고 있었다고. 희재는 큰 충격을 받았다. 믿지 못할 진실이 눈앞에 우뚝 서서 자신을 노려보고 있었다. 희재는 진실과 눈을 마주치지 않으려고 노력했다. 눈을 감고 고개를 저었다.

"은재를 너랑 똑같이 대하고 싶었어. 둘 다 내 배 아파 낳은 딸로…… 그런데 잘 안 되더라. 하다못해 은재랑 네가 같이 감기가 걸려도 네가 더 걱정됐어. 그런 내가 너무 싫었어. 은재는 둘째치고 언니한테 너무 미안하더라고. 근데 네가 이러면 어떡해! 미안해, 미안한데, 그럼 엄마는 어떡하라고. 언니랑 형부가 죽은 충격보다 네 아빠가 다른 여자랑 살겠다는 충격이 더 크더라. 그런데 그 여자가 너도 달라고 했어. 널 데려가려면 내 목을 조르고 데려가라고 했어. 그렇게 널 지켰어. 널 지키려고 정말 힘들었어. 그런데 네가 이러면 어떡해. 나는 어떡하라고……."

K는 이모의 마음속 어린아이를 처음 보았다. 희재도 마찬가지였다. 엄마가 그렇게 힘들었을 줄은 몰랐다. 엄마는 그저 자신의 마음도 몰라주는 사람, 그 이상도 그 이하도 아니었다. 희재는 울었다. 희재 엄마도, K도 울었다. 한참을 울다가 K가 먼저 입을 열었다.

"미안해. 정말 미안해."

"아니야. 이모가, 엄마가 더 미안해."

"난 안 미안해. 난 둘한테 절대 안 미안해."

셋은 또 울었다. 가장 많이 운 건 경감이었다. 옥상 문 뒤에서 이 광경을 보고 듣고 있던 경감은 소리 한 번 내지 못하고 내내 그들과 같은 마음으로 울었다.

11

봄은 오지 않을
것처럼 오나 봄

해가 바뀌었다. 오지 않을 것 같던 봄이 찾아왔다. 올해는 미세먼지가 줄어들 것이라는 전망이 나왔다. 김민지 경감과 살자클럽 운영진은 미세먼지처럼 자살률도 줄어들기를 바랐다.

소유 〉 와, 이제 진짜 봄이네요!

그래, 소유가 좋아하는 하얀
색을 맘껏 입어도 되겠어!

소유 〉 흐흐, 그러게요. 하얀색은
겨울이랑 더 어울리는데 이
상하게 외투는 하얀색이 별
로 없어요.

그러게, 오늘 11시! 다들 알고 있지?

K 그럼요!

경식 얍얍!

소유 얍!

그럼 모두 센터에서 보자!

경감과 살자클럽 운영진이 센터에 모였다. 넷은 경감의 검정색 경차에 음식을 실었다. 치킨강정 열 박스, 콜라 캔 한 박스, 감자칩 한 상자, 곰젤리 한 박스를 싣고 출발했다. 목적지는 위기 청소년 쉼터 '은하수'. 소유는 경감에게 자신의 휴대폰을 블루투스로 차 오디오와 연결해달라고 했다. 악동 뮤지션의 '은하수 다방에서'가 흘러나왔다.

"자자, 여러분. 우리는 '은하수 쉼터에서'를 부르겠습니다. 자, 남자 아이유가 선창하시죠."

"콜!"

경식이 노래 앞부분을 먼저 시작했다. 그리고 곧 소유와 K도 따라 불렀다. 경감은 한 박자 느리게 따라 불렀다.

사랑은 은하수 쉼터 문 앞에서 만나

치킨과 감자칩을 먹으며

우린 빛나는 사랑의 노래를 부르네

우리는 매일 살려내는 살자클럽이죠

아무리 힘이 들고 지쳐도

사랑해 그 마음을 감출 수가 없다네

그대 나에게 살겠다는 말을 해주오

나는 콜라에 각얼음을 띄워주리

하루도 이틀도 사흘도 웃으며 살아봐요

죽지 마 살려내

자살 예방 긴급 구~조 센터 살자클럽도

사람 살릴 수도 있지

경식은 은하수 쉼터에 맞게 가사를 바꿔 불렀는데 소유와 K는 글자 하나 틀리지 않고 따라 불렀다. 한두 번 불러본 솜씨가 아니었다. 하지만 경감은 달랐다. 박자도 가사도 틀렸다. 아이들은 최대한 경감의 박자에 맞춰주려다 포기하고 노래를 멈췄다. 경감은 이때다 싶어 더 큰 소리로 박자를 무시하고 불렀다. 노래가 끝나자 소유가 말했다.

"아저씨는 정말 진로 선택을 잘하신 것 같아요. 가수로 선택하셨으면 아주, 그냥, 대박……."

"대박 났겠지?"

경감이 천연덕스럽게 물었다.

"아, 그럼요! 대박 깨졌을 거 같아요!"

경식의 말에 모두 웃었다.

은하수 쉼터는 경기도 고평에 있다. 센터에서 한 시간 남짓 차를 타고 가면 도착한다. 쉼터 주차장에 차를 세우자마자 한 아이가 뛰어나오는 게 보였다. 롱패딩이었다. 롱패딩은 옥상에서 보았던 것과 완전히 다른 모습이 되어 있었다. 한 번도 웃어본 적 없는 사람 같았는데, 이젠 한 번도 울어본 적 없는 사람 같았다. 경감이 먼저 차에서 내려 롱패딩과 인사를 나누었다.

"오, 우리 롱패딩~ 잘 있었어?"

"아저씨, 저는 이제 롱패딩 아니고 김우빈이라고요!"

"그러니까 이름만 그러지 말고 진짜 김우빈처럼 얼굴도 그러면 얼마나 좋겠니?"

소유가 말했다.

"그건 너도 마찬가지잖아, 소유야?"

"맞아, 인정!"

K가 말했다.

"나도 인정!"

경식이 말했다. 경식과 K가 하이파이브를 했다. 소유는 콧방귀를 꼈다. 우빈은 아이들의 모습이 그저 반갑고 좋았다. 모두 힘을 합쳐 음식들을 식당으로 옮겼다.

"아유, 뭘 또 이렇게 많이 가져오셨어요?"

쉼터 원장이었다. 경감은 "뭘요" 하며 머리를 긁적였다.

"아이들 내려오라고 할 테니 감사 인사 좀 받으세요."

경감은 손사래를 쳤다.

"아유, 원장님. 저는 그렇게 꼰대가 되기는 싫습니다. 간식시간에 맛있게 먹이세요. 저희는 우빈이 데리고 나갔다 오겠습니다."

경감은 얼른 자리를 떴다. 원장은 "정말 못 말리세요. 재미있게 놀다 오세요"라고 인사를 했다.

경감과 아이들은 함께 차를 타고 떠났다. 목적지는 소유가 미리 검색해둔 카페였다. 카페에 도착하자마자 소유를 뺀 나머지 사람들의 입이 쩍 벌어졌다. 하얀색 외

관에 실내도 온통 하얀색으로 꾸며진 카페였다. 경감이 들어서며 "역시 소유 스타일"이라고 말했다. 모두 동의했다. 모두 아이스 아메리카노를 주문하고 자리에 앉았다. 소유는 우빈을 빤히 쳐다보며 말했다.

"강남에 가면 성형외과 광고 많잖아. 거기 성형 전, 성형 후, 비포 앤 애프터 나와 있는 거 알지? 딱 그거네. 김우빈, 너 그때 그 사람 아닌 거 같아. 성형도 안 했는데 어떻게 이렇게 확실한 애프터가 될 수가 있냐?"

우빈은 씩 웃었다.

"그래, 그럼 우리 애프터 우빈이 어떻게 지내고 있는지 들어볼까?"

경감이 말했다. 우빈은 점퍼 주머니에서 주섬주섬 뭔가를 꺼내 탁자 위에 두었다. 넷은 그게 무엇인지 머리를 맞대고 보았다. 제빵 자격증이었다. 경식이 먼저 반응했다.

"대박! 너 이제 빵 만들 수 있는 거임?"

우빈이 웃으며 고개를 끄덕였다.

"나는 밤식빵을 좋아해!"

K가 말했다.

"다음에 올 때 그거 만들어둘게."

우빈의 말에 소유가 "우아!" 하고 박수쳤다. 우빈은 경감을 보며 말했다.

"그리고 저, 저번 외출 때 동생도 보고 왔어요."

"그래, 잘 있지?"

"네, 아주 잘 있더라고요. 이제 제가 오빠라는 걸 안 까먹어요."

"그럼! 오빤데! 당연하지."

경감은 마음 한편에 있던 난로가 켜진 것처럼 따뜻해졌다. 그 난로는 살자클럽 운영진의 마음속에도 동시에 켜졌다.

"제 삶에 봄은 안 올 줄 알았어요. 그런데 이렇게 안 올 것처럼 왔네요."

우빈이 봄 같은 미소를 머금고 말했다.

"그래, 겨울이 지나면 봄은 오는데, 봄이 절대 안 올 것 같은 겨울이 있지."

"오올~"

경감의 말에 소유가 박수를 쳤다. 경감이 소유를 보며 짓궂게 물었다.

"아저씨가 가수만 아니면 다 할 수 있었을 거야. 그치?"

"인정!"

소유가 대답했다. 모두 함께 웃었다.

  카페에서 세 시간 동안 신나게 수다를 떨고 다시 차를
탔다. 우빈을 쉼터에 내려주고 다시 출발했다. 다음 목
적지는 '좋은 아빠 회덮밥'이었다. '좋은 아빠 회덮밥'은
경식의 아빠가 개업한 식당 이름이다. 경식이 앞장서서
식당 문을 열고 들어갔다. 경식 아빠가 우렁찬 목소리로
인사를 했다.

  "어서 오세요. 여기는 아빠의 마음으로 회덮밥을 만드
는 좋은 아빠 회덮밥입니다!"

  "예예~ 우리 좋은 아빠 회덮밥이죠!"

  경식이 말했다. 경식 아빠는 경식을 확인하고는 환하
게 웃었다.

  "우리 아들이네. 뒤에는 친구들?"

  "네, 내 베프들! 그리고 여기 아저씨가 김민지 경감님!"

  "오! 경식이한테 얘기 많이 들었습니다. 어서 오세요!"

  "네네, 안녕하세요!"

  경감과 아이들은 꾸벅 인사를 했다. 경식 아빠는 자리
를 안내하고는 "오늘은 제가 쏩니다! 잠깐만 기다리세
요!" 하고 음식을 준비하러 갔다. 경식은 아빠 곁으로 가

서 "뭐 도와줄 거 없어요?"라고 물었다. 경식 아빠는 아무것도 도와줄 것 없으니 친구들하고 있으라고 말했다. K와 소유와 경감은 그 모습을 흐뭇하게 바라보았다. 회덮밥은 정말 맛있었다. 회도 싱싱하고, 양념도 적당했다. 다들 이런 회덮밥은 처음이라며 찬사를 보냈다.

경감 다들 집에 잘 들어갔지?

그럼요. 삼촌한테 한 소리 들었지만요.

경감 생각보다 시간이 늦었어. 그럴 만해.

K ㅎㅎ 맞아요.

저는 한 소리 들은 후에 삼촌이랑 아빠랑 저녁을 또 먹었어요.

경감 오, 아빠는 이제 어떠셔?

정말 술이 많이 줄었어요. 오늘 삼촌이 삼겹살 구워줬는데도 소주 안 찾고 사이다랑 드셨어요.

경식 오~ 어마무시한 발전이다! 근데 너 또 삼겹살을 먹었단 거야?

에이~ 설마~ 그럴걸?

213

경식 〉 그러다가 돼지가 친구 하자면 어쩔래?

친구하지, 뭐. 너보다 돼지가 더 똑똑할 수도?

경식 〉 뭐어!!

경감 〉 ㅎㅎ 경식아, 오늘은 네가 졌다.

K 〉 ㅇㅈ!

아싸!

경식 〉 흥!!

경감 〉 참, 우리 다음 주 토요일에 저녁 초대받았다!

K 〉 누구한테요?

경감 〉 불~~쉿!!!

ㅇㅏㅋㅋ!! 동진이요?

경감 〉 빙고!

잘 있대요?

경감 〉 응, 아주 잘 지낸대. 어머니한테 연락이 왔어. 꼭 다 같이 오라고 하시더라.

(K) 좋아요, 좋아요! 그럼 소유, 연하 남친 가능성?

생각해볼까?

(경식) 난 먼저 잔다.

(경감) 난 오늘도 경식이의 마음이 보이네. 잘 자라!

(K) 저도 경식이 마음 그만 보고 잘래요! 굿밤!

(경식) 아이씨! 암튼 굿밤!

ㅎ ㅎ 꿀나잇!

소유는 단톡방에서 나와 바로 경식에게 톡을 보냈다.

나 연하 남친 관심 없음!

(경식) 누가 뭐래?

이제 곧 벚꽃 축제인데 너랑 가고 싶음!

(경식) 누가 뭐래?

엥? 너 계속 이럴 거야?

경식: 아니! 같이 갈래!

ㅎㅎ 콜!

경식: 잘 자

너두!

소유의 마음에는 이미 벚꽃이 피었다. 경식의 마음에도 똑같은 벚꽃이 피었다. 소유와 경식은 절대 가지 않을 것 같은 겨울을 보냈다. 다시는 오지 않기를 바라며 아주 멀리멀리 보냈다. 경식은 히죽히죽 웃음이 났다. 소유도 배시시 웃었다.

K는 침대 위에 벌러덩 누웠다. 휴대폰이 울렸다. 영국 런던으로 여행을 떠난 희재와 이모가 만든 단톡방 알림이었다.

희재: 여기 어디게~?

런던이겠지.

희재: 암튼 넌 너무 재미가 없어. 자, 퀴즈야, 맞혀!

얍!

희재: 본초자오선!

아, 그거! 중딩 때 배운 거!

희재 그게 우리가 지금 있는 장소 힌트라고!

아, 그리니치!!

희재 그리니치 뭐?

첨성대!

희재 ㅋㅋ 그건 경주에 있지 않냐? 언제 런던으로 옮겨왔냐?

이모 ㅎㅎ 은재야, 천문대!

아, 맞네! ㅋㅋㅋ

곧 희재와 이모가 그리니치 천문대 앞에서 찍은 셀카가 도착했다. K는 사진을 보고 웃었다. 해맑게 웃는 이모와 희재의 모습만 봐도 행복해졌다.

이모 다음엔 같이 오자. 우리만 와서 미안해.

에이, 이모 책에 있더만. 부모와 자녀의 일대일 데이트가 필요하다고.

이모 오~ 그걸 기억하네.

> ㅎㅎ 그러니까 다음에 셋이 말고 나랑 둘이 가, 이모 엄마! ㅎㅎ

이모 〉 오~ 그렇네. 그게 맞네.

회재 〉 흥! 착한 내가 허락해주지. 셋이 먼저 가고 그다음에 둘이 간다면!

> 콜!

회재 〉 내일 또 사진 보내줄게. 우리 없다고 울지 말고 잘 있어.

> 나 안 울잖아.

회재 〉 개뻥! 우리는 다 봤어, 너 우는 거.

> 아… 인정.

회재 〉 인정 빠르니 용서!

이모 〉 얼른 갈게. 밥 잘 챙겨 먹고 있어.

> 얼른 오지 말고 천천히 즐기고 와. 잘 챙겨 먹고 있을게.

이모 〉 콜!

   K는 휴대폰을 옆에 내려놓고 눈을 감았다. K의 입가에 미소가 번졌다.

소유도, 경식이도, 경감도, 우빈이도 모두 얼굴에 미소를 띠고 잠을 청했다. 모두에게 절대 오지 않을 것 같은 봄이 절대 오지 않은 것처럼 찾아왔다. 그 봄을 함께 느낄 수 있다는 사실이 모두에게 더 짙은 봄이 되어 서로를 벅차게 했다.

K의 휴대폰이 울렸다. 페이스북 메시지였다.

– 저 죽고 싶어요.

K는 벌떡 일어나서 얼른 답장을 보냈다.

– 그래요. 내가 도와줄게요.

그리고 마음속으로도 답장을 보냈다.

– 내가 꼭 살려줄게요. 당신에게도 봄이 올 거예요, 분명.

청소년 활동가로 살면서 많은 청소년을 만났어요. 자연스레 제가 쓰는 글에도 청소년 이야기를 담게 되었지요. 청소년을 만나는 제 삶을 글로 쓰기도 하고, 아이들의 삶을 글에 담기도 했어요. 참 보람 있는 작업이었어요. 그 글들이 청소년들과 연대하는 사람들에게 닿아 힘을 주었고, 제가 만나지 못하는 청소년들에게도 닿아 위로를 주었으니까요.

　하지만 그렇게 글을 쓰는 일이 점점 어려워지더라고요. 너무 조심스러웠어요. 사실을 담은 이야기이니 지어낼 수는 없는데, 아이들의 실제 이야기를 그대로 담을 수도 없었거든요. 아이들의 문제는 지나가는 과정인데, 글로 기록하는 일은 오래 남는 일이니까요. 독자들이 글을 읽었을 때 혹시 한 사람이라도 어떤 아이의 이야기라는 걸 알게 되면 아이들에게 피해가 될 수도 있잖아요. 자신의 이야기를 글로 써달라던 아이들이 성인이 되어 글로 남겨 두었던 걸 후회할 수도 있고요. 가해자에게 서사를 부여하지 않도록 조심해야 하고, 피해자에게 마치 피해받을 이유가 있는 것처럼 쓰지는 않았는지 점검해야 하지요. 또 평등하지 않은 발언이 담기지는 않았는지, 차별이 담긴 시선이 들어가지는 않았는지도 살펴야 하고요. 아이들의 삶을 글에 담는 일은 정말 신중하고 또 신중해야 하는 일이니까요. 그래서 아이들 이름을 예명으로 쓰고, 몇 명의 사례를 섞어서 쓰기도 하며, 조심하고 또 조심했어요. 논픽션이지만 픽션은 아닐 수 있게, 실제 이야기이지만 누구의 이야기인지는 알 수 없게 노력하며 글을 쓰게 되었죠. 그러다 점점 제 글이 가진 자유로움이 사라지고 있다는 걸 느꼈어요. 표현도 내용도 조심하다 보니, 자유롭게 마음껏 글을 쓰는 것이 힘들어지더라고요.

그래서 소설을 떠올리게 되었어요. 소설로 도망가고 싶다고 생각했던 거예요. 소설은 지어낸 이야기이니까요. 픽션에 기대어 자유롭게 글을 쓰고 싶었어요. 저는 원래 소설을 전공했고 갈망하고 애정하는 사람이거든요. 어쩌다 소설보다 청소년을 더 애정하게 되어서 청소년이라는 우주에서 사느라 소설을 쓸 시간이 없을 뿐이었어요. 그래서 소설을 쓰자는 마음을 먹었죠. 그 마음을 실행하게 된 건 코로나로 인해 시간이 났기 때문이었어요. 시간만 나면 소설을 쓰겠다고 해놓고, 시간이 났는데 아무것도 하지 않는 제 자신을 발견했거든요.

정말 미친 듯이 썼던 것 같아요. 제 안의 아픈 이야기들이 창작이라는 날개를 달고 참 자유로워졌어요. 아이들의 아픔이 허구이기를 바라며, 소설로 열심히 도망쳤지요. 제 안으로 들어와 버린 아픔도 조금씩 치유되기 시작했어요. 자신의 이야기를 써달라는 녀석들에게 이 소설을 선물할 생각을 하니 더욱 신이 났어요. 글에 미쳐 있던 대학 때, 선배가 지어준 '오하루'라는 필명으로 데뷔할 계획을 세우고는 더 신이 났죠. 그런데 소설을 쓰다 보니 깨닫게 되었어요. 제가 진짜 신났던 이유를요. 제가 소설에도 사람을 살리는 내용을 담고 있더라고요.

'아, 나는 사실 소설로 도망치고 싶은 게 아니라, 소설로도 살리고 싶었던 거였구나.'

이게 진짜 제 마음이었어요. 이 마음을 마주하니 더욱

신이 나고 기뻤어요. 이 소설이 아픈 청소년들의 마음에 닿아서, 아픈 청소년을 품고 있는 어른의 마음에도 닿아서 그들의 마음을 위로해주고 일으켜줄 수 있다면 더 바랄 것이 없겠지요.

"살아주어 고마워!"

제가 청소년들에게 자주 하는 말이에요. 청소년들을 만나며 두 명의 아이를 영원히 떠나보냈어요. 제가 10년 넘게 활동가로 살았으니, 많은 숫자는 아니에요. 그런데 생명이잖아요. 온 세상이 두 번 사라지는 느낌이었어요. 그러고 나니 그저 살아만 주면 고맙더라고요. 살아만 있으면 뭐든 해볼 수 있겠더라고요. 살아주는 것만큼 고마운 게 없더라고요.

오하루는 저를 친동생처럼 아껴주던 선배가 지어준 필명이에요. 그 선배도 하늘로 이사를 했죠. 제가 실명으로 청소년들과 연대하며 살고 있기 때문에 필명으로 소설을 시작했는데, 출간 준비를 하며 그 선배 생각이 많이 나더라고요. 선배와 같은 곳으로 떠난 녀석들도요. 아마 선배와 그 녀석들이 오하루가 세상에 나온 걸 알면 저만큼이나 좋아하며 환하게 웃을 거라 믿어요.

"살아주어 고마워요!"

이 말은 이 책을 읽는 여러분에게 전하는 말이에요. 힘겨운 세상과 일상 속에서 오늘도 살아주어 참 고맙습니다.

내게 꼭 자신과 세 번째 아버지 이야기를 써달라고 했던 K, 매일 자살을 꿈꿨지만 이제는 살아서 내일을 꿈꾸고 있는 J, 나와 가장 오랜 시간을 함께해준 S와 H, 나의 소설을 가장 많이 기대하고 응원해준 D, 그리고 나를 만나주고 살아준 모든 청소년 쉬키들! 아주 많이 고맙고 아주 많이 사랑하고 살아주어 고맙다!

이 책을 같은 마음으로 만들어준 선스토리 강미선 대표님과 ARIA 디자이너님, 윤미정 실장님, 표지 일러스트를 맡아준 제딧 작가님 그리고 묵묵히 제 삶을 응원해주는 가족과 지인들에게도 살아주어 고맙다는 인사를 전하며…….

2022년 11월 어느 설레는 날,

오하루 드림.